文春文庫

秋山久蔵御用控

騙《かた》り者《もの》

藤井邦夫

文藝春秋

目次

「秋山久蔵御用控」江戸略地図

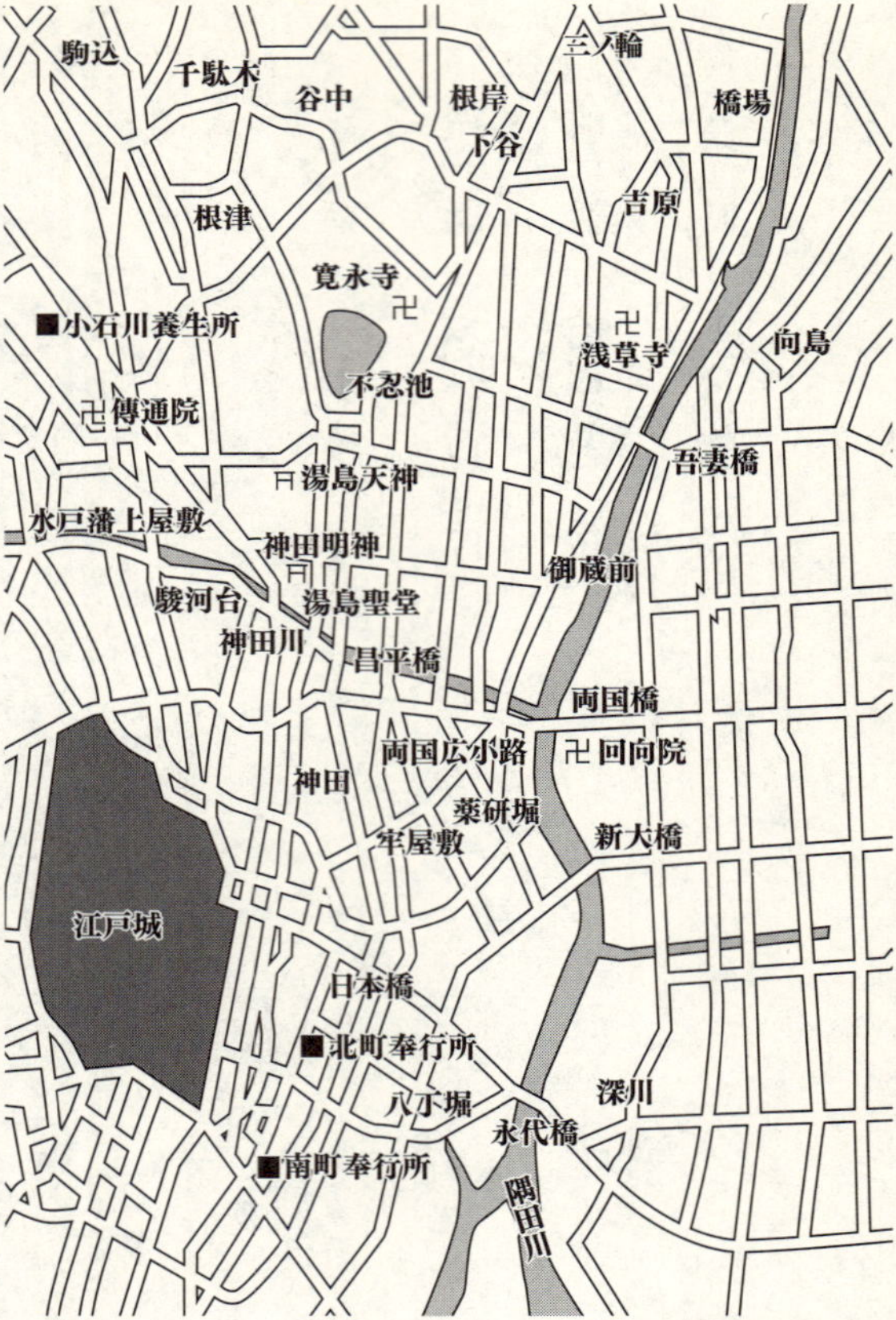

実際の縮尺とは異なります

日本橋を南に渡り、日本橋通りを進むと京橋に出る。京橋は八丁堀に架かっており、尚も南に新両替町、銀座町と進み、四丁目の角を右手に曲がると外堀の数寄屋河岸に出る。そこに架かっているのが数寄屋橋御門であり、渡ると南町奉行所があった。南町奉行所には〝剃刀久蔵〟と呼ばれ、悪人を震え上がらせる一人の与力がいた……

秋山久蔵御用控・登場人物

秋山久蔵（あきやまきゅうぞう）
南町奉行所吟味方与力。〝剃刀久蔵〟と称され、悪人たちに恐れられている。何者にも媚びへつらわず、自分のやり方で正義を貫く。「町奉行所の役人は、お奉行の為に働いてるんじゃねえ、江戸八百八町で真面目に暮らしてる庶民の為に働いているんだ。違うかい」（久蔵の言葉）。心形刀流の使い手。普段は温和な人物だが、悪党に対しては、情け無用の冷酷さを秘めている。

弥平次（やへいじ）
柳橋の弥平次。秋山久蔵から手札を貰う岡っ引。柳橋の船宿『笹舟』の主人でもある。〝柳橋の親分〟と呼ばれる。若い頃は、江戸の裏社会に通じた遊び人。

神崎和馬（かんざきかずま）

南町奉行所定町廻り同心。秋山久蔵の部下。二十歳過ぎの若者。

稲垣源十郎（いながきげんじゅうろう）

南町奉行所定町廻り筆頭同心。

蛭子市兵衛（えびすいちべえ）

南町奉行所臨時廻り同心。久蔵からその探索能力を高く評価されている人物。妻が下男と逃げてから他人との接触を出来るだけ断っている。凧作りの名人で凧職人として生きていけるほどの腕前。

白縫半兵衛（しらぬいはんべえ）

北町奉行所の老練な臨時廻り同心。〝知らぬ顔の半兵衛さん〟と称される。〝南の久蔵〟〝北の半兵衛〟とも呼ばれ、一目置かれる人物。

香織（かおり）
久蔵の亡き妻・雪乃の腹違いの妹。

与平、お福（よへい、おふく）
親の代からの秋山家の奉公人。

幸吉（こうきち）
弥平次の下っ引。

長八、寅吉、雲海坊、由松、勇次（ちょうはち、とらきち、うんかいぼう、よしまつ、ゆうじ）
夜鳴蕎麦屋の長八、鋳掛屋の寅吉、托鉢坊主の雲海坊、しゃぼん玉売りの由松、船頭の勇次。弥平次の手先として働くものたち。

伝八（でんぱち）
船頭。『笹舟』一番の手練。

おまき

弥平次の女房。『笹舟』の女将。

お糸（おいと）

弥平次、おまき夫婦の養女。

秋山久蔵御用控

騙《かた》り者《もの》

第一話

挑む女

一

水無月《みなづき》——六月。
『水無月』の語源は、『暑さで水が枯れる月』であり、『田に水を引く月』から来ているとされている。

夜の隅田川には、船の灯りが揺れ、三味線の爪弾《つまび》きが流れていた。

障子の開け放たれた屋形船では、大店《おおだな》の旦那衆と芸者たちが賑やかな宴を開いていた。

その時、屋形船に何かがぶつかり、僅《わず》かに揺れた。芸者の一人が揺れに気付き、船縁《ふなべり》から川の流れを覗《のぞ》いた。

男の苦悶に歪《ゆが》んだ死に顔が、川の流れの中で揺れていた。

芸者の悲鳴が、隅田川の川面《かわも》に甲高く響いた。

神田川の流れが、両国で隅田川に注ぎ込む処に柳橋《やなぎばし》が架かっており、船宿『笹《ささ》

南町奉行所吟味方与力秋山久蔵《ぎんみがたよりきあきやまきゆうぞう》は、『笹舟』の二階の窓辺に座り、船の行き交う隅田川を眺めながら酒を飲んでいた。

舟《ぶね》』があった。


「いい眺めだな……」

「はい。船の灯りが川面に映《は》えて……」

『笹舟』の主《あるじ》で岡っ引の弥平次《やへいじ》は、久蔵の盃《さかずき》を満たして手酌《てじやく》で酒を飲んだ。

「すまねえな」

「いいえ……」

久蔵と弥平次は、静かに酒を酌み交わした。

「親分……」

下っ引の幸吉《こうきち》が、階段を駆けあがって来た。

「どうした」

「はい。御厩河岸《おんまやがし》に土左衛門《どざえもん》があがったそうです」

「秋山さま……」

「よし。俺も行くぜ」

久蔵は盃を置き、刀を持って立ち上がった。

「幸吉、猪牙《ちょき》を仕度しな」

「はい……」

久蔵と弥平次は幸吉を従え、船着場から勇次《ゆうじ》の操る猪牙舟に乗り込んだ。

女将《おかみ》のおまきと養女のお糸《いと》が、隅田川を遡《さかのぼ》って御厩河岸に急ぐ猪牙舟を見送った。

柳橋から隅田川を遡ると、左手に浅草御蔵《あさくさおくら》がある。浅草御蔵は幕府の米蔵であり、五十万石を収蔵出来た。その五十万石の米の殆《ほと》んどは、旗本や御家人に扶持米《ふちまい》として支給されていた。

御厩河岸は浅草御蔵の外れにあった。

勇次は、猪牙舟をゆっくりと御厩河岸に近づけた。

御厩河岸には屋形船が着いており、近くの三好町《みよしちょう》と黒船町《くろふねちょう》の自身番の提灯《ちょうちん》を持った番人や店番《たなばん》たちがいた。

弥平次と幸吉は、猪牙舟が着くなり河岸に降り立って、自身番の店番や番人に近付いた。

「遅くなりまして……」

弥平次が腰を低く挨拶をした。

「ご苦労さまです、親分」

店番と番人たちが挨拶を返した。

「仏さんは……」

幸吉が死体のある場所を尋ねた。

「こっちです……」

店番が、弥平次と幸吉を死体の傍に案内し、掛けてあった筵《むしろ》を外した。

どす黒く浮腫《むく》んだ初老の男の顔が、筵の下から現れた。

弥平次と幸吉は、眉を顰《ひそ》めながら死体を詳しく検《あらた》めた。

「どうだい……」

いつの間にか久蔵が、弥平次の傍にいた。

「首を絞められた痕《あと》や、これといった傷もありませんね」

「身なりや髷《まげ》からみて、大店の旦那ってところですかね」

幸吉が死体の懐を探った。財布と手拭《てぬぐい》、矢立《やたて》などがあった。幸吉は財布の中を検めた。五枚の小判と一分金や一朱金。そして、数枚の書付が入っていた。書付の全てに、『日本橋呉服屋松葉屋《まつばや》伝兵衛《でんべえ》』という文字が濡れてかすれていた。

「日本橋呉服屋、松葉屋伝兵衛……」

弥平次が提灯の灯りで読んだ。

「うん……」

久蔵が、覗き込んで頷《うなず》いた。

「すまないが、誰か日本橋の松葉屋って呉服屋まで一っ走りしてくれないか」

「あっしが参りましょう」

三好町の番人が、弥平次の頼みに応じて走り出した。

「財布も無事となると、誤って落ちたか、身を投げたか……」

弥平次は呟《つぶや》いた。

「仏が見つかったのは、どの辺りだ」

弥平次は屋形船の船頭に尋ねた。

「へい。ここからもうちょい上《かみ》の諏訪町《すわちょう》辺りです」

「となると、その上流にある竹町之渡《たけちょうのわたし》、吾妻橋《あづまばし》かな」

誤って落ちたか身を投げたかにしろ、隅田川に入ったのは上流に違いない。その場所に、何らかの手掛かりがあるかも知れない。

「分かりました。その辺りを調べてみます」

幸吉と勇次が、駆け出して行った。

「じゃあ親分……」

店番と番人たちが、弥平次を覗き込んだ。

「はい。仏さん、三好町の自身番に運んで下さい。それから、見つけた船頭さんたちもご苦労さんだったね。もう、帰っていいよ」

弥平次は、屋形船の船頭を労《ねぎら》った。

土左衛門は、自身番の番人たちによって三好町の自身番に運ばれた。

「如何《いかが》します」

「俺はここで帰らせて貰うよ」

「じゃあ駕籠《かご》を呼びます」

「いや。今夜は月夜だ。ぶらぶら行くぜ。それより親分、もし身投げだとしたら、しなきゃあならない訳、詳しく調べてみな」

「心得ました」

「じゃあな……」

久蔵は三好町を抜け、浅草寺雷門《せんそうじかみなりもん》と浅草御門を繋ぐ蔵前通りに向かった。

連なる米蔵の大屋根が、夜空に黒々と浮かんでいた。

土左衛門は、駆け付けた呉服屋『松葉屋』の番頭によって主・伝兵衛と確認され、日本橋室町《むろまち》の店に引き取られた。

『松葉屋』は、老舗《しにせ》ではないが名の通った呉服商であった。

伝兵衛の遺体は、座敷に安置された。

お内儀《かみ》のお登勢《とせ》と幼い子供たちが、遺体に縋《すが》って泣いた。幼い子供たちの背後では、若い娘が涙を拭っていた。

弥平次は、伝兵衛の行動を確認した。

その日の夕方、伝兵衛は不忍池《しのばずのいけ》の畔《ほとり》の料亭で開かれた同業者の寄り合いに出た。

弥平次は、お供をした手代を呼んだ。

「それで、寄り合いはどのぐらいで終わったんだい」

「暮れ六つから始まり、一刻《いっとき》ほどで終わりました」

「旦那、それからどうしたんだい」

「へい。旦那さまはちょいと用があるので先に帰っていろと仰《おっしゃ》いまして……」

「お前さんを先に帰したんだね」

「左様《さよう》にございます」

「で、旦那、何処《どこ》に行ったのかは……」

「存じません」

手代は、申し訳なさそうに眼を伏せて涙を拭った。

伝兵衛は、不忍池の畔の料亭で寄り合いに出た後、お供の手代を先に帰して何処かに行った。

それが何処なのか分からないが、隅田川に近い処なのは間違いない。

弥平次は、『松葉屋』の雰囲気を窺った。

お内儀たち家族は勿論《もちろん》、奉公人たちの啜《すす》り泣きが満ちている。『松葉屋』は、主の死に静かに泣き伏していた。

弥平次は、伝兵衛が身投げをする理由を感じなかった。

「親分……」

幸吉と勇次がやってきた。

「おう、何か分かったか」

「竹町之渡の傍《そば》の駒形堂《こまがたどう》に……」

幸吉が、一通の手紙と草履《ぞうり》を見せた。

弥平次は手紙を開いた。

手紙には、『これ以上の金子《きんす》、仕度出来かねますので、これまでと致します。松葉屋伝兵衛』と書き記されていた。

「遺書かな……」

「だと思いますが……」

幸吉と勇次が頷いた。だが、弥平次は今一つ確信は持てなかった。

弥平次は番頭を呼び、駒形堂に残されていた草履を見せた。

「……旦那さまの草履に間違いございません」

弥平次は番頭に手紙を差し出した。番頭は手紙を一読し、涙を浮かべた。

「旦那さま……」

「字、伝兵衛さんの手に間違いありませんか」

「はい……」

伝兵衛は、駒形堂に遺書と草履を残し、隅田川に身を投げた。

「番頭さん、松葉屋は金繰りに困っていたのかい」

「は、はい。御公儀御用達《ごようたし》になるのに、いろいろかかると……」

「御公儀の御用達……」

「はい、左様にございます」

「その金繰りが上手《うま》くいかなくて、身投げをした……」

「違います」

弥平次は、怪訝《けげん》な面持《おもも》ちで振り返った。

子供たちの背後にいた若い娘が、満面に怒りを浮かべていた。

「おゆき……」

番頭が慌てた。

「どなたですかい」

「は、はい。おゆきと申しまして、お嬢さま付きの女中にございます」

「そうか、お嬢さま付きのおゆきさんか。で、何が違うんだい」

「旦那さまは身投げなどではありません。殺されたのです」

おゆきは厳しく言い切った。

思わぬ言葉だった。

弥平次は少なからず驚き、幸吉と勇次は顔を見合わせた。

「おゆき、滅多な事を云うんじゃありません」

番頭はうろたえた。

「いいや、構わないよ。おゆき、どうして旦那さまは殺されたと思うんだい」

弥平次はおゆきを促した。

「旦那さまが御公儀御用達の推挙をお願いしていた相手が、桂田青洲《かつらだせいしゅう》だからです」

「桂田青洲……」

弥平次は思わず訊き返した。

「親分、桂田青洲ってのは……」

幸吉と勇次が、弥平次に怪訝な眼を向けた。

「上様御寵愛《ごちょうあい》の御側室お鶴《つる》の方さまのお父上さまだよ」

弥平次は、伝兵衛の死の裏に底知れぬ闇を感じた。

翌朝、南町奉行所に出仕した久蔵を、弥平次と定町廻《じょうまちまわ》り同心神崎和馬《かんざきかずま》が待っていた。

和馬は、弥平次から呉服屋・松葉屋伝兵衛の件を既に聞いていた。

久蔵は二人を用部屋に招いた。

「それで、親分。仏は松葉屋の伝兵衛に違いなかったのかい」

「はい……」

弥平次は頷き、久蔵が帰ってから分かった事を告げ、伝兵衛が残した手紙を見せた。

久蔵は手紙を一読した。

「……これ以上の金子、仕度出来かねますので、これまでと致します。か……」

「はい。伝兵衛の字に間違いなく、駒形堂に草履と一緒にありました」

「こいつは遺書というより、金の無心の断り状だな」

久蔵は苦笑した。

「秋山さまもそう思われますか」

「ああ……」

伝兵衛身投げの可能性は半分ほど消えた。

「って事は松葉屋伝兵衛、身投げに見せ掛けて殺されたんですか」

和馬が身を乗り出した。

「手紙と草履を揃え、誤って隅田川に落ちる筈《はず》はねえさ」

「となると……」

和馬が首を捻《ひね》った。

「和馬、この手紙、伝兵衛が誰かに差し出したものだとしたらどうなる」

「そいつが草履と一緒にあったなら、手紙を受け取った者の仕業ですか」

「その通りだ」

小細工が過ぎる……。

久蔵は皮肉っぽく笑った。

「秋山さま、伝兵衛が松葉屋を御公儀御用達にしようとしていた話、如何思われますか」

弥平次が僅かな緊張を見せていた。

「桂田青洲か……」

「はい……」

「その、おゆきって女中の素性、分かっているのかい」

「今、由松《よしまつ》が……」

弥平次は、既にしゃぼん玉売りの由松におゆきの素性を洗わせていた。

「秋山さま、桂田青洲さまとは、それ程の方なのですか」

和馬が眉を顰めた。

「桂田青洲、もう隠居しているが、元は二百石取りの同朋頭《どうぼうがしら》でな。娘のお鶴の方が、上様御寵愛の側室なのを良いことにいろいろ口を出しているそうだ」

〝同朋〟という役目は、坊主衆の監督や営中の給仕。そして、老中や若年寄などの幕閣と、諸大名や諸役人の間で交わされる書類の管理伝達をするのが役目である。

「和馬、親分、何《いず》れにしろ伝兵衛は、不忍池の料亭での寄り合いの後、誰かに逢った筈だ」

「では、伝兵衛の詳しい足取りを……」

和馬が頷いた。

「うむ。それから桂田青洲だ」

「秋山さま……」

弥平次は眉を曇らせた。

「親分、藪《やぶ》を突《つつ》いて鬼が出るか蛇が出るか、やってみねえと分からないが、放って置くわけにはいかねえだろう」

「それはそうですが……」

桂田青洲が、己の身辺が探られている事実を知った時、その報復は熾烈《しれつ》を極めるだろう。

二百石取りの御家人秋山久蔵など、どうなるか分からないのだ。

弥平次はそれを心配した。

「それにな親分、俺と桂田青洲はまったく縁がねえわけじゃあねえんだ」

久蔵は苦く笑った。

「と、仰いますと……」

「十年以上も昔、ちょいとやり合った事があるんだよ」

「秋山さま……」

それは、弥平次は無論、和馬も知らない話だった。

「もっともその時は、桂田も娘が上様御寵愛じゃあなかったのでおとなしかったんだが、肝心な処で家来を人身御供《ひとみごくう》にして逃げ切りやがった」

久蔵は、十年余前の無念さを噛み締めた。

「そうでしたか……」

「ま、親分、和馬、古い話はそれまでだ。和馬は伝兵衛の足取りだ」

「心得ました」

「親分、俺たちはおゆきって娘に逢ってみようじゃあないか」

「はい……」

久蔵は、弥平次と共に南町奉行所を出た。

和馬は幸吉と合流し、松葉屋伝兵衛の足取りを追った。

伝兵衛の足取りは、不忍池の畔の料亭『水月《みなづき》』での寄り合いを終えてから不明だ。だが、最終的には浅草駒形堂に行っている。駒形堂には真っ直ぐ行ったのか。それとも、何処かで誰かと逢ってから駒形堂に行ったのか。

和馬と幸吉たちは、料亭『水月』の界隈に聞き込みを掛けた。

「和馬の旦那……」

幸吉が、和馬に駆け寄って来た。

「何か分かったか」

「ええ。下谷《したや》広小路の自身番の番人が、松葉屋の伝兵衛さんらしい旦那が、広小路を横切って浅草の方に行ったのを見ていましたよ」

広小路を横切って中御徒町《なかおかちまち》を抜け、稲荷町《いなりちょう》を過ぎると浅草駒形堂に出る。

「伝兵衛、一人だったのかい」

「それが、羽織袴のお侍と一緒だったそうですぜ」

「羽織袴の侍……」

和馬は緊張した。

果たして羽織袴の侍が、伝兵衛を駒形堂に誘い、隅田川に突き落として身投げに見せて殺したのだろうか。

和馬と幸吉は、伝兵衛と羽織袴の侍の行方を追って下谷広小路を横切り、中御徒町に向かった。

二

日本橋室町の呉服商『松葉屋』は、閉めた大戸に忌中《きちゅう》の札を貼ったままだった。

久蔵と弥平次は、おゆきが話しやすいように外に呼び出す事にした。

弥平次は久蔵を残し、おゆきを呼びに『松葉屋』の路地奥の裏口に向かった。

久蔵は『松葉屋』の前に佇《たたず》み、それとなく周囲を見廻した。

往来には大勢の人々が行き交い、家並みの陰を侍が過《よ》ぎった。

久蔵は『松葉屋』の路地に入り、弥平次が戻るのを待った。やがて、弥平次が『松葉屋』の裏口から一人で出て来た。

「秋山さま……」

「おゆき、どうしたい」

「それが、出掛けているそうでして……」

弥平次は戸惑いを浮かべた。

「留守なら仕方がねえな」

久蔵は微《かす》かに笑った。

「如何致しましょう」

「親分、俺はこのまま笹舟に行くが、後を尾行《つけ》る侍がいる筈だ。そいつを見届けてくれ」

「秋山さまを……」

弥平次は僅かに血相を変えた。

「おそらく松葉屋を見張っているんだと思うが、俺が何者か見届けようとするだろう。そいつを逆にな……」

「分かりました」

「親分、こいつは向こうから尻尾《しっぽ》を出してくれたのかも知れねえぜ」

「じゃあ、笹舟に着いたら勇次がいる筈ですので……」

「心得た」

久蔵は弥平次を残し、路地から往来に出て辺りを鋭く見廻した。だが、家並みの陰に入った侍は、姿を現さなかった。久蔵は両国に向かった。両国広小路の傍の神田川に柳橋が架かっており、船宿『笹舟』がある。

弥平次は路地に潜《ひそ》み、久蔵を追う者を探した。

やがて、羽織袴の侍が、家並みの陰から現れて久蔵を追った。

秋山さまの睨《にら》み通り……。

弥平次は、侍を見失わない限界まで待って仲間のいないのを確かめた。そして、久蔵を尾行する侍を追った。


本町二丁目の角を右に曲がった久蔵は、大伝馬町《おおでんまちよう》や通油町《とおりあぶらちよう》を抜けて両国広小路に向かった。

侍は、物陰伝いに久蔵を追った。

久蔵を尾行する侍は、『松葉屋』の主伝兵衛の死に関わりがある……。

弥平次はそう睨んだ。

伝兵衛の死が身投げであり、何の不審もなければ、『松葉屋』を見張る者がいる筈はない。だが、大身《たいしん》旗本の家来と思える侍が、見張っていたのだ。

松葉屋伝兵衛は殺された……。

久蔵は確信した。

両国広小路は賑わいに溢れていた。

久蔵は柳橋を渡り、船宿『笹舟』に入った。

「これは秋山さま、いらっしゃいませ……」

女将のおまきが迎えた。

「女将、いろいろある。勇次を呼んでくれ」

お役目に関わる事だ。

「はい」

おまきは敏感に察知し、久蔵を居間に通して勇次を呼んだ。

「俺を尾行して来た野郎がいる。そいつが何処の誰か突き止めてくれ」

久蔵は、やって来た勇次に告げた。

「分かりました。で、どんな野郎で……」

「此処《ここ》までは、親分が尾行て来ている」

「親分が……」

「ああ。外にいるから繋ぎを取ってくれ」

「すぐに……」

勇次は裏手から『笹舟』を出て、外の様子を窺った。

弥平次の姿が、柳橋の向こうに見えた。

勇次は何気なく近付き、目顔で指示を待った。

「あの侍だ……」

勇次は弥平次の視線の先を追った。

侍が船着場の傍に佇み、『笹舟』の入口を見守っていた。

勇次は確認し、弥平次に頷いて見せた。

「秋山さまが動かなければ、見張りを解くだろう。行き先を突き止めるんだ」

「合点です」

「じゃあな……」

「へい……」

弥平次は侍を勇次に任せ、『笹舟』の裏口に急いだ。

久蔵は、お糸を相手に茶を飲んでいた。

「只今、戻りました」

弥平次が入って来た。

「どうだった」

「はい。秋山さまの睨んだ通り……」

「やはりな……」

お糸が茶を淹《い》れ、弥平次に差し出した。

「侍、尾行に慣れちゃあいませんし、様子から見て主持《しゅうも》ちの奉公人でしょう」

「となると、勤番侍か旗本の家来か……」

「きっとお旗本の家来かと……」

「ま、そいつは勇次が突き止めてくれるだろう……」

「はい。じゃあお糸……」

「お酒ですか」

「うん。おまきにな……」

「はい。すぐに仕度を……」

お糸が出て行った。

「親分、松葉屋に妙な見張りが付いていたとなると、伝兵衛は身投げでも誤っての死でもねえな」

「はい。殺されたものと……」

久蔵と弥平次は、呉服商松葉屋伝兵衛の死を他殺と断定した。

「親分、おゆき、何処に行ったんだろうな」

「それなんですが、松葉屋のお内儀さんや番頭さんにも断らず、いつの間にか出掛けていたとか」

「いつの間にかな……」

「ええ。旦那の伝兵衛さんが殺された事に関わり、ありますかね」

「おそらくな……」

桂田青洲の性根を知っていた事と云い、おゆきは何らかの秘密を抱えている。

久蔵はそう睨んだ。


久蔵が、船宿『笹舟』に入って半刻が過ぎた。

追って来た羽織袴の侍は、久蔵が出て来る気配がないのを見定めて踵《きびす》を返した。

ようやく諦めやがったか……。

勇次は尾行を開始した。

羽織袴の侍は、神田川沿い柳原通り《やなぎわらどお》りを西に向かった。和泉橋《いずみばし》、筋違御門《すじかいごもん》、昌平《しょうへい》橋《ばし》の前を抜け、内神田駿河台《するがだい》の武家屋敷街に入った。そして、淡路坂《あわじざか》をあがって太田《おおた》姫稲荷《ひめいなり》、別名芋洗い稲荷近くの武家屋敷に消えた。

勇次は見届けた。そして、辺りの様子を窺った。

武家屋敷が連なる一帯は、町方の地と違って人通りも少なく静かだった。

羽織袴の侍は、おそらく門を潜った屋敷の主の家来なのだ。

勇次は、屋敷の主が誰なのか突き止めようとした。だが、武家屋敷に表札や門札はない。町方の自身番に相当する辻番に尋ねれば分かるが、町人が武家屋敷や武士を探るなど以《もっ》ての外《ほか》の所業と云えた。

勇次は、一帯の屋敷に出入りを許されている商人や行商人を探した。だが、運悪く商人も行商人も通り掛かりはしなかった。

残る手立ては、切絵図で確かめるしかなかった。

勇次はそう決め、武家屋敷の前を離れようとした。その時、武家屋敷の近くにある太田姫稲荷の境内に女の影が動いた。

勇次は、咄嗟《とっさ》に物陰に潜んだ。

太田姫稲荷の境内から若い町娘が現れ、武家屋敷を見上げて淡路坂に向かった。

呉服商『松葉屋』の女中おゆきだった。

おゆきは、武家屋敷を見張っていた……。

勇次はそう思った。

行燈《あんどん》の灯りは、切絵図を照らしていた。

勇次は、切絵図に描かれた昌平橋から淡路坂を指先で辿《たど》り、太田姫稲荷の前の武家屋敷を示した。

武家屋敷には、『桂田青洲』と書き記されていた。

「此処に間違いないか……」

弥平次の眼が鋭く光った。

「はい」

勇次は頷いた。

「桂田青洲さまのお屋敷か……」

「桂田青洲……」

「うん」

呉服商『松葉屋』を見張り、久蔵を尾行した羽織袴の侍は、桂田青洲の家来だった。

　弥平次は眉を顰めた。

「そして、松葉屋のおゆきがいたのか……」

「はい。様子から見て、桂田青洲さまのお屋敷を見張っていたのかも知れません」

「そうか……」

　おゆきは、密かに桂田青洲の屋敷を見張っていた。

　松葉屋伝兵衛殺しの裏には、おゆきの云うように御公儀御用達推挙が絡み、桂田青洲が潜んでいるのかも知れない。

「ご苦労だったな。明日一番に秋山さまにお報《しら》せする。お前は明日から桂田さまのお屋敷を見張ってくれ」

「承知しました」

　その時、幸吉と由松が戻って来た。

「何か分かったかい」

「そいつが皆目、流石《さすが》の和馬の旦那も草臥《くたび》れ果ててお屋敷にお帰りになりました」

　和馬と幸吉は、伝兵衛の詳しい足取りを追っていた。だが、詳しい足取りは、杳《よう》として分からなかった。

「そうか……。で、由松の方はどうだ」

しゃぼん玉売りの由松は、おゆきの素性を追っていた。

「そいつが、お武家の家の出だという事ぐらいしか……」

「お武家の出……」

「へい」

由松は悔しげに頷いた。

「そうか。ま、今夜のところは湯に浸かり、一杯飲んで休んでくれ」

弥平次は、幸吉と由松、そして勇次を労った。

秋山屋敷の庭には、朝日が溢れていた。

弥平次は濡縁《ぬれえん》に腰掛け、久蔵の現れるのを待っていた。

久蔵の義妹・香織《かおり》が茶を持って来た。

「どうぞ……」

「こいつは畏《おそ》れいりやす」

「義兄《あに》は間もなく参ります」

「親分、女将さんやお糸ちゃん、お元気ですか……」

香織は微笑《ほほえ》んだ。

「お蔭さまで、達者にやっております」

「お糸ちゃんに今度、お芝居見物に行きましょうとお伝え下さい」

「そいつは、お糸も喜ぶでしょう」

香織はお糸を妹のように可愛がり、お糸は香織を姉のように慕っていた。それは、二人の実の父親が、無残に殺されていたからかも知れない。

「待たせたな、親分……」

久蔵が着流し姿でやって来た。

「お早うございます」

弥平次は立ち上がり、腰を屈めた。

「香織、俺にも茶をくれ」

「はい。只今……」

久蔵が濡縁に座り、香織は台所に立った。

「昨日の侍の素性、分かったかい」

「はい……」

「はい……」

弥平次は、分かった事を詳しく報告した。

「やはり、桂田青洲の家来だったかい……」

久蔵は、自分を尾行した侍の素性を読んでいた。

「はい。それからおゆきですが、どうやら昨日は桂田さまのお屋敷を見張っていたようです」

弥平次は、おゆきの行動に秘められた意味を知ろうとしていた。

「ああ。親分、こうなると何としてでもおゆきに逢わなきゃあならねえな」

「ええ。ですが秋山さま、私には一つ分からない事があるんですが……」

弥平次は首を傾《かし》げた。

「おゆきは何故、桂田青洲が伝兵衛殺しに関わりがあると、正式に訴え出ないか、と云う事かい」

「はい。おゆきが武家の出だという事までは分かったのですが……」

「ほう。おゆき、武家の出なのかい」

久蔵は意外な面持ちになった。

「はい。それが関わりがあるんでしょうか」

「そいつは親分、本人に逢って確かめるしかあるまい」

「じゃあ……」

久蔵と弥平次は、香織と与《よ》平《へい》お福《ふく》夫婦に見送られて呉服商『松葉屋』に向かった。

呉服商『松葉屋』は、主伝兵衛の死の哀しみに包まれたままだった。

久蔵と弥平次は、『松葉屋』を見張っている者を捜した。『松葉屋』の付近に桂田青洲の家来らしき者はおらず、しゃぼん玉売りの由松がいた。

今朝から由松は、弥平次の指示でおゆきを監視し始めていた。

久蔵と弥平次は『松葉屋』を訪れ、おゆきを呼ぶように番頭に命じた。そして、通された奥座敷で茶を飲んでいる時、番頭がおゆきを連れて来た。

おゆきは、怯《おび》えた眼差《まなざ》しで番頭の陰に隠れるように座った。

何処かで見たような顔だ……。

久蔵はおゆきを見詰めた。

「おゆきさん、こちらは南町奉行所与力の秋山久蔵さまだ」

弥平次が久蔵を紹介した。

「秋山久蔵さま……」

おゆきの顔が強張《こわば》った。

「うん。ちょいと訊きたい事があるそうだ」

弥平次は微笑み、おゆきの緊張をほぐそうとした。

「おゆき、桂田青洲とはどんな関わりがあるんだい」

久蔵が尋ねた。

「関わり……」

おゆきは久蔵を見詰めた。その眼には、何故《なぜ》か怒りが滲《にじ》んでいた。

久蔵は思わず戸惑った。

「関わりなんて、何もありません」

おゆきは突き放した。

「おゆき……」

番頭が慌てた。

弥平次は眉を顰めた。

「私は何も知りません」

おゆきは久蔵を必死に睨み、挑むように言い放った。

俺に怒りを持っている……。

久蔵は気付いた。

「何も知らないので、引き取らせて戴きます」

おゆきは深々と頭を下げ、座敷から出て行った。

「お、おゆき……」

番頭が慌てて追った。

「秋山さま……」

「親分、おゆきは桂田だけじゃあなく、俺とも関わりがあるようだぜ」

久蔵は苦い笑みを浮かべた。

「はい。お心当たりは……」

「俺と桂田青洲の関わりは、十年以上も昔に扱った情報漏洩事件だけだ」

「となると、おゆきさんもその一件に何らかの関わりがありますか……」

「それしか考えられねえな」

「ええ……」

「よし。俺は奉行所に戻って昔の一件を調べてみる。親分はおゆきから何とか聞き出してくれ」

久蔵は、身を縮めて詫びる番頭に笑ってみせ、『松葉屋』を後にした。

十年以上も昔、桂田青洲は同朋頭として幕閣の下役をしていた。その時、様々な決定事項を逸早《いちはや》く知り、関わりのある大名旗本たちに大金で売っていたのだ。旗本御家人を監察取締る役目の目付は、その証拠を捜すように久蔵に依頼した。久蔵は厳しい探索をし、桂田青洲を追い詰めていった。だが、久蔵は最後の詰めで桂田青洲に出し抜かれた。

桂田青洲は、用人に罪の全てを着せて切腹させ、事件を闇の彼方に葬り去ったのだ。

桂田青洲の一件は、久蔵にとって苦い思い出しかない事件だった。

久蔵は南町奉行所に戻り、桂田青洲の一件の古い覚書を探し出して読み直した。

香川外記《かがわげき》……。

それが、罪のすべてを被って切腹した用人の名前だった。

香川外記は黙って腹を切った。

久蔵はその時、香川外記の切腹を無駄にしたくない思いに駆られた。久蔵のそうした思いが、桂田青洲の一件を数少ない未解決事件の一つにしたのかも知れない。
その時、久蔵は思い出した。
十歳ほどの少女が、香川外記の遺体に縋りついて泣き伏していたのを思い出した。
香川外記には娘がいた。
おゆき……。
その時の香川外記の娘が、『松葉屋』の女中のおゆきなのだ。
桂田青洲と久蔵が、父親香川外記を切腹に追い込んだ。
おゆきはそう思い、桂田青洲と久蔵を恨んでいるのだ。
そうか、香川外記の娘か……。
久蔵は確信した。
弥平次は番頭に頼み、おゆきを使いに出して貰った。
お咎《とが》めを覚悟していた番頭は、一も二もなく引き受けた。
おゆきは番頭の指示で、外堀・常盤橋御門《ときわばしごもん》の本両替町《ほんりょうがえちょう》にある小間物問屋に使いに行った。使いの中身は、帯留めなどの小物の代金の支払いだった。

おゆきは代金の支払いを終え、小間物問屋を出た。お堀端に弥平次がいた。

「……親分さん」

おゆきは佇んだ。

「やあ……」

弥平次は微笑んだ。

「何か……」

おゆきは、弥平次に探る眼差しを向けた。

「松葉屋の旦那、御公儀御用達になる推挙を桂田青洲さまに頼んでいたそうだが、詳しく教えて貰えないかな」

弥平次は優しく尋ねた。

おゆきは久蔵がいないのを確かめ、重い口を開いた。

「旦那さまは、御公儀御用達になりたくて桂田青洲に言われるままお金を……。私、何百両ってお金を渡したのです。でも、なかなか御用達にはなれなくて……。旦那さまに御用達に推挙するなんて、お金を騙《だま》し取る嘘だと……やがて、旦那さまも嘘に気付いたんです。ですが、桂田はもっとお金を用意しろと、それで旦那さまは、お断りの手紙を書かれたんです」

「そいつが、駒形堂に草履と一緒にあった手紙だね」

「はい。きっと……。ですが、桂田は尚もしつこく……。だから旦那さま、お上に訴え出ると仰って……」

「それで、身投げに見せ掛けて殺された、かい……」

「きっと……」

おゆきは頷いた。

外堀の水面が風に揺れ、波紋がゆっくりと広がった。

「ところで秋山さまとは、どんな関わりなんだい」

おゆきは、微かに息を飲んだ。

「それは……」

「お前さんが武家の出だってのは分かっている。教えちゃあくれないかな」

「……十年以上も昔、私の父は桂田青洲の家来でした」

「お父上が……」

「はい。そして、桂田青洲の罪を被って切腹したんです」

「切腹……」

弥平次は、おゆきの告白に少なからず驚いた。

「でも、事件を扱っていた秋山久蔵は、桂田青洲の力を恐れ、真相を闇の中に葬ったんです。秋山久蔵は自分の身が可愛いだけの、権力に媚《こ》び諂《へつら》う卑怯者です」

おゆきは厳しく罵《ののし》った。

弥平次は、久蔵とおゆきの意外な関わりに驚いた。

「おゆきさん、秋山さまはそんなお方じゃあないよ」

「いいえ。私は秋山久蔵を憎んでいます。桂田青洲同様に恨んでいます」

おゆきの顔に憎しみが溢れた。

「きっと今度だって……。桂田青洲は逃げ切り、旦那さま殺しはうやむやになるんです」

「おゆきさん、桂田青洲をお縄にする確かな証拠、まだ何もないんだよ」

「じゃあ、確かな証拠があれば、桂田青洲を捕まえるんですか」

おゆきは弥平次を睨み付けた。

「勿論だ。秋山さまは必ずお縄にするよ」

弥平次はきっぱりと断言した。

「本当に……」

「ああ……」

弥平次は頷いた。

「でも、私はやっぱり信じられません」

おゆきは身を翻《ひるがえ》し、堀端から駆け去った。

「親分……」

しゃぼん玉売りの由松が、見送る弥平次の傍《かたわ》らに現れた。

「眼を離すんじゃあない」

「合点《がってん》です」

由松はおゆきを追った。

主の罪を背負って切腹した父親……。

弥平次は、おゆきのその後の哀しく厳しい暮らしを思った。

風が堀端を吹き抜けた。

南町奉行所臨時廻り同心蛭子《えびす》市兵衛《いちべえ》は、久蔵に呼ばれて御用部屋を訪れた。

「お呼びですか……」

「ああ。桂田青洲を調べてくれ」

「桂田青洲さまですか」

市兵衛は薄笑いを浮かべた。

「野郎、隠居をした癖に御公儀御用達を餌にまだ悪さをしているらしい。その辺をな」

「成る程、松葉屋の主の一件絡みですな」

「ま、そんなところだ」

久蔵は不敵に笑った。

三

庭は江戸とは思えぬ静けさに包まれ、鹿威《ししおど》しの甲高い音だけが響いていた。

桂田青洲は、点《た》てた茶をゆっくりと味わった。

「御前《ごぜん》……」

用人の岡本新八郎《おかもとしんぱちろう》が、にじり口から静かに現れた。

「どうした」

「今し方、町飛脚が書状を持参致しました」

岡本は一通の書状を差し出した。

「誰からの書状だ」

「それが、差出人の名、記されておりませぬ」

岡本は警戒心を滲ませていた。

青洲は書状を開き、素早く読み下した。

岡本は、青洲の表情の変化を窺った。

青洲の表情が、僅かに厳しくなった。

「なにか……」

青洲は、読み終えた書状を黙って岡本に差し出した。

書状には、松葉屋伝兵衛が公儀御用達に推挙して貰う為、青洲に渡した金の出入りを記した手控帳を五十両で買い取って欲しいと書かれていた。

「御前……」

「五十両で買い取れか……。女文字だな」

「左様かと存じますが、それにしても一体何者の仕業でしょう」

「松葉屋に関わりのある者だろうが、この桂田青洲に強請《ゆす》りを掛けるとは、恐れを知らぬ愚か者よ」

「して、如何致しましょう」

「松葉屋の手控帳など恐れるに足らぬが、蟻《あり》の一穴のたとえもある。放っては置けぬな」

「ならば、差出人の正体を摑み、始末致しますか」

「うむ。それから岡本……」

「はっ……」

「伝兵衛の死、町奉行所は如何扱っているのだ」

「それが、月番は南町奉行所なのですが、岡っ引が時々出入りするぐらいで目立った動きはないそうです」

「南町奉行所か……」

青洲は眉を顰め、片頬を僅かに吊り上げた。

気になる事がある時の癖だった。

「なにか……」

「岡本、南町奉行所の与力に秋山久蔵と申す者がいる筈だ」

「秋山久蔵と申しますと、確か剃刀《かみそり》と渾名《あだな》されている与力でございますな」

「知っているのか」

「噂だけを……。で、御前とは……」

「その昔、儂《わし》に煮え湯を飲ませた男だ。岡本、秋山久蔵に油断をしてはならぬぞ」

「心得ました」

岡本は一礼し、茶室を退《さ》がった。

「秋山久蔵か……」

桂田青洲の声には、憎しみが込められていた。

鹿威しの音が鋭く鳴った。


神田松枝町《まつがえちょう》にはお玉《たま》が池《いけ》がある。

〝お玉が池〟は、元は桜が池と云ったがお玉という娘が身投げをして以来、その名で呼ばれるようになっていた。そして、お玉が池の傍には、お玉の霊を鎮める為の玉池稲荷が建立《こんりゅう》されている。

しゃぼん玉売りの由松は、木陰に身を潜めて池の畔に佇むおゆきを見守っていた。

おゆきはお高祖頭巾《こそずきん》を被って武家娘を装い、緊張した面持ちでお玉が池の水面を見詰めていた。

お玉が池の水面は、木洩れ日を受けて煌《きら》めいていた。

玉池稲荷の境内に砂利を踏む足音がした。

おゆきは僅かに身構えた。

岡本新八郎が、玉池稲荷の境内から現れた。

おゆきは、身構えながら微かに震えた。

岡本新八郎はおゆきに対した。

「松葉屋伝兵衛の手控帳を売りたいと申すのは、その方か……」

おゆきは頷いた。

「……五十両、持って来ましたか」

おゆきの声は、僅かに震えた。

「手控帳、見せて貰おう」

岡本はおゆきの震えを見抜き、冷笑を浮かべた。

「お金が先です」

おゆきは必死だった。

「その方、一人の企てか……」

岡本は、おゆきの背後に潜む者がいるかどうか、確かめようとした。

「違います……」

おゆきは咄嗟に嘘をついた。それは、身を護る本能から出た嘘だった。

「やはりな。裏にいるのは何者だ」

岡本は、おゆきに探る眼差しを向けた。

「申せませぬ」

「ならば、明日また同じ時刻にここで逢おう。五十両はその時に渡す」

岡本はおゆきに背を向け、その場から悠然と立ち去った。

おゆきは唖然と見送った。緊張が解け、全身の力が抜け落ちた。

お玉が池の水面が揺れた。

おゆきは踵を返した。その足取りは、思いもよらぬ成り行きに打ちのめされたように重かった。

境内から二人の武士が現れた。武士の一人は、『松葉屋』を見張り、久蔵を尾行した桂田青洲の家来だった。

二人の武士は、おゆきを尾行し始めた。

おゆきは、お玉が池の畔から松枝町に出ようとしていた。

しゃぼん玉売りの由松は、三人を追った。

その時、笠を目深《まぶか》に被った久蔵が現れ、由松に並んだ。

「あ、秋山さま……」

由松は少なからず驚いた。

久蔵は、おゆきが香川外記の娘だと気付き、密かに見守っていたのだ。

「野郎共におゆきの素性を知られちゃあならねえ」

「は、はい……」

「俺が始末する。由松、お前はおゆきが無事に帰るのを見届けろ」

「承知しました」

「じゃあな……」

久蔵は由松に笑顔を見せ、二人の武士に足早に近付いた。

二人の武士が、驚いたように久蔵を振り返った。刹那《せつな》、久蔵の拳が、一人の武士の横面に叩き込まれた。撲《なぐ》られた武士は、悲鳴をあげて無様に倒れた。

「なんだ」

もう一人の武士が、慌てて刀を抜こうとした。だが、久蔵は刀の柄《つか》を握った手を押さえ、素早く投げを打った。もう一人の武士は、激しく地面に叩き付けられた。

おゆきの姿は既になかった。おそらく、背後での出来事に気付かず、立ち去って行ったのだ。そして、しゃぼん玉売りの由松の姿も消えていた。

久蔵は苦しく呻《うめ》く二人の武士を残し、その場から立ち去った。

二人の武士は桂田屋敷に戻り、おゆきの背後に得体の知れぬ侍がいると報告する筈だ。

そいつが吉と出るか凶と出るか……。

久蔵は、神田川沿い柳原通りを両国に行き、柳橋の船宿『笹舟』に入った。


弥平次は首を捻った。

「伝兵衛さんの手控帳ですか……」

「ああ。親分は聞いたことがないようだな」

「はい。もし残されているなら、お内儀さんと番頭さんが知らぬ筈はないと思いますが」

弥平次は眉を顰めた。

「となると、おゆきの企みか……」

久蔵は苦笑した。

おゆきは、伝兵衛の手控帳があると、桂田青洲に脅しを掛けたのだ。

「いい度胸をしていると誉めてやりてえが、本当に金が狙いなのかな」

「いいえ。きっと違うでしょう」

「何か知っているのかい……」

「はい……」

弥平次は、おゆきが桂田青洲と久蔵を激しく恨んでいる事実を教えた。

「成る程……」

十余年前、香川外記の遺体に縋って泣いていた少女の姿を、久蔵は脳裡に浮かべた。

「それでおゆきは、確かな証拠を掴もうとしているのかもしれません」

弥平次は、おゆきの行動を読んだ。

「桂田青洲に脅しを掛け、確かな証拠を掴むか。きっと親分の見立て通りだろう」

「はい……」

「それにしても、危ない真似をする娘だぜ」

久蔵は苦笑した。

おゆきの素性は、得体の知れぬ着流しの侍に邪魔をされ、突き止められなかった。

岡本新八郎は、配下の者たちの報告に苛立《いらだ》った。

邪魔をした着流しの侍が、おゆきの背後に潜む黒幕なのかも知れない。そして、お玉が池の畔の何処かに潜み、おゆきとのやり取りを見ていたのだ。

岡本は己の迂闊《うかつ》さを恥じた。

女は、何れにしろ伝兵衛の身近にいる……。

岡本は、配下の沢井俊助《さわいしゅんすけ》に再び『松葉屋』を見張るように命じた。

沢井俊助は、朋輩《ほうばい》の生田大八《いくただいはち》と『松葉屋』に向かった。

勝負は明日だ……。

明日の同じ時刻、おゆきがお玉が池の畔に来るかどうかが勝負なのだ。

岡本は密かに闘志を燃やした。

和馬と幸吉は、殺された松葉屋伝兵衛の足取りをようやく摑んだ。

伝兵衛と羽織袴の武士が、浅草駒形堂の上流にある竹町之渡で屋根船に乗ったのを見ていた者がいたのだ。

屋根船は二人を乗せ、すぐに船着場を離れて隅田川に漕《こ》ぎ出していた。目撃者の証言によれば、屋根船の船頭は船宿の者ではなく、武家屋敷の奉公人のような姿をしていた。

竹町之渡で屋根船に乗った伝兵衛の履物と手紙が、駒形堂の境内に残される筈はない。伝兵衛は屋根船で殺され、身投げに見せ掛ける為に隅田川に投げ込まれた。そして、殺した者たちは、伝兵衛の履物と手紙を駒形堂に残して身投げの細工をしたのだ。

和馬と幸吉は、屋根船が船宿の物ではなく武家の持ち船だと睨んだ。

屋根船を所持している武家は少ない。余程の数寄者《すきしゃ》であり、屋敷近くに船着場を持っている者だ。

桂田青洲……。

和馬と幸吉は、桂田青洲が屋根船を持っているかどうか、調べを急いだ。

南町奉行所に戻った久蔵を、蛭子市兵衛が待っていた。

「どうだ……」

久蔵は用部屋に落ち着き、市兵衛に尋ねた。

「桂田青洲さま、いろいろありますね」

市兵衛は皮肉っぽく笑った。

「年甲斐《としがい》もなく欲だけは人一倍か」

「ええ。商人たちに御公儀や諸大名旗本の御用達商人に推挙すると云い、金を巻き上げて頬被り……」

「酷《ひで》え騙《かた》りだな」

「はい。ですが相手は何といっても、上様ご寵愛の側室お鶴の方さまのお父上……」

「お上に訴え出ると、どんな禍《わざわい》が起こるか分からねえか」

「お鶴の方のご威光と役人を使っての嫌がらせか、下手をしたら松葉屋伝兵衛……」

市兵衛の眼に、微かな怒りが浮かんで消えた。

「誰もが恐れて泣き寝入りか……」

「ええ……」

「よし。市兵衛、騙りに遭った商人たちの口書《くちがき》を取ってくれ」

「しかし、口書となると桂田青洲を恐れ……」

「なあに、名前や爪印《つめいん》はいらねえ。どんな目に遭ったか、詳しく証言して貰いな」

「で、何とします」

「悪辣《あくらつ》な手口を江戸中に言い触らして追い詰め、お裁きを受けさせてやる」

「そいつは面白い」

市兵衛は笑った。

「薄汚い爺《じじい》め……」

久蔵は罵った。


呉服商『松葉屋』は、大戸を閉めたままだった。

薄汚い托鉢坊主《たくはつぼうず》が、『松葉屋』の前に立って下手《へた》な経を読み始めた。

裏手の路地から丁稚《でっち》小僧が出て来て、托鉢坊主の頭陀袋《ずだぶくろ》にお捻りを入れてくれた。

托鉢坊主は深々と頭を下げ、一段と声を張り上げて経を読んだ。

雲海坊《うんかいぼう》だった。

「下手な経だな……」

沢井俊助と生田大八は、向かい側の家並みの路地で呆れていた。

雲海坊は経を読み終え、辺りを窺いながら『松葉屋』の前を離れた。そして、向かい側の路地に入り、瀬戸物屋の裏口から二階にあがった。

二階の小部屋の窓辺に由松がいた。

「どうでした」

「羽織袴の侍が二人、いたよ」

雲海坊は、『松葉屋』を見張る者の存在を確かめて来たのだ。

「ありゃあ、桂田青洲の家来に違いねえな」

「そうですか……」

お玉が池の一件以来、由松はおゆきの監視をしていた。そして、雲海坊が『松葉屋』を見張り、桂田青洲の出方を窺う為に来た。つまり雲海坊の役目は、おゆきより桂田家の家来の出方を見定める事だった。

神田淡路坂は左側に武家屋敷が連なり、右側に神田川の流れがある。そして、上がり切ると太田姫稲荷があった。

和馬と幸吉は、人通りの少ない淡路坂を上がった。

行く手の右側に太田姫稲荷が見えた。その太田姫稲荷の斜向《はすむ》かいが、桂田青洲の屋敷だった。

「和馬の旦那、幸吉の兄貴……」

勇次が、太田姫稲荷の境内から声を掛けて出て来た。

和馬と幸吉は、太田姫稲荷の境内に入った。

「どうだ」

「へい。家来が時々出入りするぐらいで、これといって妙な動きはありません」

「そうか……」

和馬は、桂田屋敷に眼をやった。

桂田屋敷は門を固く閉じていた。

「ところで勇次。桂田青洲、屋根船を持っちゃあいねえか」

「屋根船ですか……」

勇次は怪訝な面持ちになった。

「ああ……」

「兄貴、此処は見ての通り坂の上。船着場なんてありませんよ」

「そうだな。じゃあ、一番近い船着場は……」

幸吉は辺りを見廻した。

「昌平橋です」

「そうだろうな……」

幸吉は思いを巡らせた。

武家が屋根船を持っていても、屋敷の近くに船着場がない限り役には立たない。

「和馬の旦那、こいつはどうも見当外れだったかも知れませんね」

「うん……」

和馬は肩を落とした。

「船頭が武家の奉公人ってのは、見間違いかもしれないな」

「ええ。振り出しに逆戻りですかね……」

幸吉の全身に疲れが湧いた。

「旦那、兄貴、船着場はありませんが、このお稲荷さんの裏から船には乗れますよ」

勇次は事も無げに告げた。

幸吉は縋る思いで尋ねた。

「どうしてだ」

「お堂の裏に石段がありましてね。そいつを降りると神田川の川縁《かわべり》に出ます。そこに船を着ければ、どうって事ありませんよ」

勇次の生業《なりわい》は、船宿『笹舟』の船頭だ。神田川は数え切れない程、往来している。そんな勇次には、川面から見る風景の方が慣れているともいえる。

「勇次、石段は何処だ」

幸吉と和馬は、勇次を急《せ》かした。

勇次は、和馬と幸吉をお堂裏の石段に案内した。

お堂裏の石段は、二人の人間が通れる幅で神田川の川縁に続いていた。

和馬と幸吉は、神田川の川縁に降り立った。

「此処に屋根船を着けて板を渡せば、乗り降りに不自由はありませんよ」

勇次の云う通りだった。

「って事は、乗り降りする時以外は、船は他の船着場に繋いであるのか」

「ええ。きっと、一番近い昌平橋の船着場か船宿に繋いであると思いますよ」

桂田青洲は、屋根船を近くの船宿に預けておき、必要な時に屋敷近くに漕ぎ寄せて来るのだ。

「和馬の旦那」

幸吉の全身に湧いた疲れは、いつの間にか消し飛んでいた。

「ああ。助かったぜ、勇次」

和馬は猛然と石段を駆け上がった。

幸吉が続いた。

神田川の流れは、夕陽に赤く染まり始めた。


日が暮れた。

呉服商『松葉屋』からおゆきは現れず、沢井俊助と生田大八も見張りを解いた。

雲海坊は沢井と生田を追った。

沢井と生田は、月明かりを浴びて桂田屋敷に戻った。

「雲海の兄い……」

見送った雲海坊に勇次の声が掛かった。

「勇次かい」

「へい……」

夜の闇から勇次が現れた。

「今の二人は……」

「松葉屋を見張っていた野郎どもだ」

「のんびりと戻って来たところを見ると、変わった事はなかったようですね」

「こっちもな……」

「ええ……」

「よし、先ずは俺が見張る。勇次は笹舟に戻り、親分に報告して晩飯を食って来い」

「はい。じゃあ、お先に……」

勇次は、一ヶ所に潜んでいた強張りをほぐすように手足を動かし、雲海坊に一礼して淡路坂を降りて行った。

雲海坊は太田姫稲荷の境内に潜み、桂田屋敷の監視を始めた。

久蔵は、和馬の猪口《ちよこ》を酒で満たしてやった。

「畏れ入ります」

和馬は猪口の酒を飲み干した。

「それで、見つかったのか、桂田青洲の屋根船は……」

「それが、昌平橋の船着場にはなかったので、明日から界隈の船宿を調べてみます」

「そいつはご苦労だな」

「いいえ。松葉屋伝兵衛が死んだ夜、桂田青洲の屋根船に乗ったことが証明出来れば、殺した確かな証拠になります」

和馬は意気込んだ。

「義兄上……」

香織とお福が、新しいお銚子と料理を運んできた。

「神崎さま、お嬢さまがお作りになった鮑《あわび》の蒸し味噌和《みそあ》えです。そりゃあもう、美味《おい》しいですよ」

お福はふくよかな身体を揺らし、香織の作った鮑の蒸し味噌和えを誉めた。

「うん。まったく美味《うま》そうだ。いや、美味いに決まっている」

和馬は涎《よだれ》を垂らし、酒を飲んだ。

「食べもしないで美味しいとは、和馬さま凄い舌をお持ちなんですねえ」

香織は苦笑した。

「いいえ、そんな凄い舌は持ち合わせておりません」

和馬は慌てた。

お福がころころと笑った。

「馬鹿……」

久蔵は呆れたように呟いた。


翌朝早く、おゆきは風呂敷包みを抱え、足早に『松葉屋』を出た。

斜向かいの瀬戸物屋の路地から由松が現れ、おゆきを追った。桂田青洲の家来の沢井と生田は、『松葉屋』の監視にまだ来ていなかった。

おゆきは、玉池稲荷に向かっていた。

由松は追った。

四

桂田屋敷の潜り戸が開いた。

雲海坊と勇次は、太田姫稲荷の境内に身を潜めた。

家来の沢井と生田が、潜り戸から出て来て足早に淡路坂に向かった。

「行き先、どうせ松葉屋だろうな……」

雲海坊が、尾行しようと立ち上がった。

「雲海の兄い」

勇次が、雲海坊の薄汚い衣を引っ張った。

雲海坊が腰を落とした。

「なんだ……」

雲海坊は、勇次の視線を追った。

用人の岡本新八郎が、四人の侍たちを従えて桂田屋敷の潜り戸から現れた。

雲海坊と勇次は、身を潜めて岡本たちの動きを見守った。

岡本たちは、淡路坂に向かった。

「どうします」

「松葉屋は由松が張っている。こっちを尾行るぜ」

雲海坊と勇次は、岡本たちを追って淡路坂に急いだ。

神田川に架かる昌平橋の北詰、外神田湯島《ゆしま》一丁目代地に船宿『花房《はなぶさ》』があった。

和馬と幸吉は『花房』を訪れ、主に桂田家の屋根船を預かっていないか尋ねた。

「桂田さまの屋根船なら、手前どもが預かっておりますが……」

主は怪訝な面持ちで頷いた。

「預かっている」

和馬が驚いたように聞き返した。そこには、余りにも呆気なく突き止めた戸惑いがあった。

「和馬の旦那……」

「うん」

「で、何処だ。桂田さまの屋根船、何処にあるのだ」

和馬は『花房』の主に迫った。

「あの、桂田さまの屋根船、どうかしたのでございますか」

「訳は後で話す。屋根船は何処にある」

「それは……」

主は言葉を濁した。

「それは……」

和馬は眉を曇らせた。

「何分にも、桂田さまは、上様御寵愛のお鶴の方さまのお父上さま。如何に同心の旦那でも、お許しもなくお見せする事は出来かねます」

船宿の主は、虎の威を借りた狐のようにせせら笑った。

「煩《うるさ》い。屋根船は何処だ」

和馬は、嚙み付かんばかりに怒鳴った。


内神田松枝町玉池稲荷の門前には、老婆が一人で営んでいる茶店があった。

約束の刻限にはまだ間がある。

おゆきは茶店に入り、老婆に頼んで奥の部屋を借りた。

由松は茶店の縁台に腰掛け、老婆に茶を頼んで様子を窺った。

四半刻弱が過ぎた。

神田川柳原通りの方から侍たちがやって来た。桂田家用人の岡本新八郎と、配下の者たちだった。同朋頭は二百石取りの御家人であり、家来は若党一人と足軽中間《ちゅうげん》六人が普通である。だが、桂田青洲は隠居してから様々な金を集め、家来を増やしていた。

岡本たちは、玉池稲荷の境内に入って行った。そして、雲海坊と勇次が追って現れた。

「雲海の兄い」

「おう、由松。お前がいるところを見ると、おゆきさんは……」

「とっくに来て、奥にいますぜ」

由松は茶店の奥を示した。

「そうか……」

「相手は侍が五人。柳橋に報せますか」

勇次が雲海坊を窺った。

「間に合うかな……」

親分弥平次に報せても、間に合わなければ意味はない。

「おそらく無理ですぜ」

由松が眉を顰めた。

「よし。いざとなったら、おゆきを助ける。いいな」

由松と勇次が頷いた。

その時、茶店の奥の部屋からお高祖頭巾を被った武家娘が出て来た。おゆきだった。

おゆきは、茶店の奥の部屋で町娘から武家娘に姿を変えたのだ。

「おばさん、お邪魔しましたね」

おゆきは茶店の老婆に礼を述べ、心付けを渡していた。

雲海坊たちは素早く散り、物陰からおゆきを見張った。


お玉が池は日差しに煌めいていた。

岡本新八郎は池の畔に佇んでいた。

「五十両、持参致しましたか」

岡本は背後からの声に振り向いた。

おゆきが、緊張に満ち溢れた顔をお高祖頭巾に包んでいた。

「うむ」

岡本は袱紗《ふくさ》に包んだ五十両を出して見せ、油断なく辺りを見廻した。

昨日、尾行の邪魔をした侍らしき者の姿は見えなかった。

「昨日の男は何処だ」

「誰のことです……」

おゆきは怪訝に眉を寄せた。

「ふん。ま、いい。で、松葉屋伝兵衛の手控帳、持参したか」

「ここに……」

おゆきは、懐から手控帳を出して見せた。

「五十両で買うところを見ると、やはり貴方たちが松葉屋の旦那さまを手に掛けたのですね」

「そのような事はどうでも良い。早々に渡して貰おう」

「お金が先です」

「いや、手控帳が先だ……」

岡本は嘲笑を浮かべ、おゆきに近付いた。おゆきは後退《あとずさ》りした。

四人の家来が現れ、おゆきを取り囲んだ。

「さっさと手控帳を渡して貰おう」

「卑怯な……」

おゆきは、懐剣の紐を解いた。

「何とでも云え。これが桂田家の昔からのやり方だ」

「違う……」

おゆきは思わず叫んだ。

「違うだと……」

岡本は怪訝におゆきを見詰めた。

「そうです。父が用人をしていた時は、このような卑怯な真似はしなかった筈です」

「父が用人の時……」

岡本の眼が鋭く光った。

おゆきは、思わず取り乱した自分を呪い、悔やんだ。

「そうか、お前は香川外記の娘か……」

岡本は父を知っていた……。

おゆきは咄嗟に逃げようとした。だが、四人の配下が行く手を阻《はば》んだ。

岡本の顔に嘲《あざけ》りが浮かんだ。

おゆきは懐剣を握った。

「教えてやろう。御前さまが同朋頭として知った事を密かに売ったのも、お鶴さまを上様御側室にしたのもすべて、お前の父親香川外記の企みだ。勿論、御用達商人に推挙すると偽り、金を巻き上げる騙りもな……」

「嘘です」

「いいや、嘘ではない。だが、香川外記の企てが後一歩で成就《じょうじゅ》する時、同朋頭として知った事を売った事実が露見した。それで、お前の父親香川外記は腹を切り、何もかも闇の彼方に持ち去ったのだ」

おゆきは混乱した。

桂田青洲の悪事のすべては、亡き父香川外記の企てた事なのか……。

おゆきは、父親の死を桂田青洲と秋山久蔵のせいだと思っていた。だが、父親が悪事の元凶だったという。もし、それが事実なら、咎人として恥を晒《さら》し、打首は免れない。その父親が、武士として切腹したのなら幸せといわなければならない。

おゆきの混乱は続いた。

岡本はおゆきの混乱に乗じて、伝兵衛の手控帳を奪い取った。

手控帳には何も書き記されておらず、白紙だった。

「おのれ、小娘……」

岡本は怒りを露わにした。

四人の配下が、おゆきに殺到した。

おゆきは立ち竦《すく》んだ。

「人殺しだ。誰か来てくれ、人殺しだ」

周囲から男たちの叫び声があがった。雲海坊、由松、勇次だった。三人は賑やかに騒ぎ立てた。

四人の配下は、驚いて困惑した。

岡本はおゆきに駆け寄り、抜き打ちに斬り棄てようとした。刹那、着流し姿の久蔵が現れ、岡本の刀を弾き飛ばした。

秋山久蔵……。

おゆきは戸惑った。

久蔵は、おゆきを後ろ手に庇《かば》って岡本と対峙《たいじ》した。

「おのれ、何者だ」

「俺かい、俺は南町奉行所与力秋山久蔵……」

久蔵は薄く笑った。

岡本は思わず怯《ひる》んだ。

「秋山久蔵……」

「秋山さま……」

雲海坊、由松、勇次が現れ、久蔵とおゆきに駆け寄った。

「おう。ご苦労だったな」

久蔵は、由松とは別におゆきを見張っていたのだ。

「はい」

雲海坊、由松、勇次はおゆきを庇い、それぞれの得物《えもの》を手にして身構えた。

秋山は網を張り巡らせていた……。

岡本は、久蔵の油断のなさに寒気を覚えずにはいられなかった。

「松葉屋伝兵衛の死、闇に葬ろうってところを見ると、やはり手前らが殺して身投げに見せ掛けたんだな」

「知らぬ」

岡本は否定した。

「我らは何の関わりもない」

「だったら何故、伝兵衛の手控帳を買おうとした。何故、おゆきを殺そうとした」

「そのような事、町奉行所の者に答える謂《いわ》れはない」

岡本は、必死に態勢を立て直そうとした。

「ふん。そう云っていられるのも、今のうちだぜ」

「黙れ。我が主は、上様ご寵愛の御側室お鶴の方さまのお父上さま。町奉行所の与力の首を獲るなど造作もない事……」

岡本は久蔵の出方を窺った。

「面白え、やれるもんならやってみな」

久蔵は不敵に言い放った。

「おのれ……」

岡本は久蔵を睨み、踵を返した。久蔵を睨んだ視線には、悔しさと怯えが入り混じっていた。四人の配下が続いた。

久蔵は冷たく笑った。

「秋山さま……」

雲海坊がおゆきを示した。

おゆきは焦点の定まらぬ眼差しで、悄然《しょうぜん》と立ち尽くしていた。

吹き抜けた風が、おゆきのお高祖頭巾を揺らした。

隅田川から櫓《ろ》の軋《きし》みが響いてきていた。

おゆきは、座敷の隅に身を固くして座っていた。

久蔵は、雲海坊たちに桂田屋敷を引き続き監視させ、おゆきを船宿『笹舟』に連れて来た。

「おゆき、どうやらお前の云った通り、松葉屋伝兵衛は桂田青洲に騙された挙句、殺されたようだな」

久蔵は静かに語り掛けた。

「……父は……父はあの人たちの云う通りの悪人だったのかも知れない……」

おゆきに哀しみや昂《たかぶ》りはなかった。

「でも、私や母には優しいかけがえのない人だった……」

おゆきの膝に涙が零《こぼ》れ落ちた。

「……いいじゃあねえか、それで……」

おゆきは、微かに震えた。

「所詮《しょせん》、人間なんぞ紙切れ同然、風に吹かれて表になったり裏になったり、どうなったって不思議はねえ……。ま、出来るもんなら、これからも信じてやるんだな」

おゆきの微かな震えが止まった。

「お前だけが知っている父親、香川外記をな」

「……憐れみなんていりません」

おゆきは久蔵を見詰め、はっきりと言い切った。

「……おゆき、俺は憐れんでなんかいねえ。事実をありのまま正面から受け止め、乗り越えて生きていくには、信じるものがあった方がいいと云ったまでさ」

おゆきは、零れ落ちそうになる涙を懸命に堪《こら》えた。

「秋山さま……」

廊下に静かな足音がし、お糸が呼んだ。

「なんだい」

「和馬の旦那と幸吉が戻ったと、お父っつぁんが……」

「分かった。すぐ行く」

「はい……」

お糸は返事をし、廊下を去って行った。

「おゆき、松葉屋まで送らせる。ここで待っていな」

久蔵はおゆきを残し、座敷を後にした。

おゆきは、耐え切れずに泣き伏した。声を震わせ、涙を零して泣いた。

久蔵は、おゆきの泣き声を背中で聞いた。

松葉模様の象牙《ぞうげ》の根付《ねつけ》は、懐紙《かいし》の上に置かれていた。

「こいつが、桂田青洲の屋根船に落ちていたのかい……」

久蔵は根付を摘まみあげた。

二つの松葉が交差している象牙の根付は、程好く使い込まれた淡い色艶をしていた。

「はい。幸吉が、船底の隅に挟まっていたのを見つけたんです」

和馬と幸吉は、外神田の船宿『花房』の主を脅し、桂田家の持ち物である屋根船の隅々を捜索した。そして、幸吉が松葉模様の象牙の根付を探し当てた。

「それで、この根付を松葉屋のお内儀と番頭に見せたのですが、死んだ伝兵衛が松葉屋の屋号を元に特別に作らせた物だと分かりました」

「伝兵衛の根付か……」

「はい。間違いありません」

和馬が勢い込んで頷いた。

「きっと殺される時、何らかの弾みで紐が切れて落ちたんだと思います」

幸吉が、控え目に睨みを述べた。

「桂田さまの御家来が松葉屋の旦那を殺した証拠、どうやら見つかりましたね」

弥平次が微笑んだ。

「ああ……」

「どう致します」

「さあて、どう決着をつけてやるか……」

久蔵は、玩具を見つけた子供のように笑った。

桂田青洲は怒りが湧いた。

「香川外記の娘か……」

「はい。おゆきと申しまして、背後に秋山久蔵が潜んでいました」

岡本新八郎は事の次第を告げた。

「秋山が……」

青洲の顔が醜く歪んだ。

「はい。御前、秋山を野放しにしては置けません。南町奉行荒尾《あらお》但馬守《たじまのかみ》さまに一刻も早く抑えるように申し入れを……」

「うむ。おのれ秋山久蔵、何としてでも潰してくれる」

青洲は、湧き上がる怒りと恐怖に微かに震えた。

和馬は苛立っていた。

南町奉行所に戻った久蔵は、奉行荒尾但馬守に呼ばれたままだった。

「和馬、何を苛々しているんだい」

蛭子市兵衛が番茶を啜っていた。

「秋山さま、お奉行に呼ばれたまま戻って来ないんですよ。桂田青洲の始末、どう着けようかって大事な時に……」

「和馬、お奉行が秋山さまを呼んだのは、その桂田青洲の件だよ」

市兵衛は苦笑した。

「どういう事ですか……」

「桂田青洲、秋山さまに手を引かせようと、お奉行に脅しを掛けて来たんだろう」

「糞爺い……」

和馬は口汚く罵った。

「和馬……」

同心詰所の奥にいた筆頭同心の稲垣源十郎《いながきげんじゅうろう》が和馬を呼んだ。

「はい……」

「桂田青洲というと、松葉屋伝兵衛殺しの一件か……」

「はい。桂田たちが伝兵衛を殺した証拠、ようやく見つけたんです」

和馬は探索の顚末《てんまつ》を話した。

久蔵がようやく戻って来た。

「秋山さま……」

「和馬、俺は暫《しばら》く謹慎って事になったぜ」

「謹慎……」

和馬が素《す》っ頓狂《とんきょう》な声をあげ、市兵衛と稲垣が顔を見合わせた。

「じゃあな……」

「はあ……」

「じゃあ、私がお見送りを……」

市兵衛が湯呑茶碗を置いた。

稲垣が立ち上がり、刀と十手を取った。

「拙者《せっしゃ》もお供しましょう」

久蔵は苦笑した。

南町奉行荒尾但馬守は、桂田青洲の申し入れを受けて久蔵に一件から手を引けと命じた。

荒尾但馬守が、桂田青洲の申し入れを受けた背後に何が潜んでいるか分からない。弱味を握られているのか、あるいは損のない条件が示されたのか……。

何れにしろ荒尾但馬守は手を引けと命じ、久蔵は拒否した。

荒尾但馬守は怒り、久蔵に謹慎を命じた。

久蔵は命令を受けた。

市兵衛と稲垣は、久蔵が断ったところで聞く訳はない。

久蔵は二人の供を許した。

和馬が慌てて続いた。


久蔵たちは、淡路坂をのぼった。

坂の上に桂田屋敷が見えて来た。そして、弥平次と幸吉がいた。手先の雲海坊たちは、屋敷の周囲に潜んでいる筈だった。

弥平次は、久蔵が和馬や市兵衛の他に稲垣が一緒なのを怪訝に思った。

「秋山さま……」

「やあ親分、俺は明日から謹慎になっちまった」

謹慎……。

弥平次はすべてを悟った。

「じゃあこれから……」

「ああ。決着をつけてやる」

久蔵は不敵な笑みを浮かべ、桂田屋敷の潜り戸を叩いた。

「何方《どなた》かな」

門番が中から尋ねた。

「南町奉行所の者だ。門を開けて貰おう」

「お、お待ちを……」

門番の声に怯えが滲んだ。

「ならぬ。早々に門を開けい」

久蔵が厳しく命じた。

門番が恐る恐る潜り戸を開け、怯えた顔を見せた。

刹那、久蔵が門番を引き出し、素早く当て落とした。

「和馬、親分と一緒に此処を固め、誰の出入りも許すな」

「はい……」

久蔵は、若い和馬と弥平次たち町方の者を残し、潜り戸を潜った。稲垣と市兵衛が続いた。

久蔵は桂田青洲に面会を求めた。

桂田青洲は覚悟を決め、久蔵たちを書院に通した。

「町方が何用だ」

青洲は岡本を従えて現れ、挨拶も交わさずに居丈高《いたけだか》に尋ねた。

沢井や生田たち家来が、書院の外に緊張した面持ちで潜んでいた。

「呉服商松葉屋伝兵衛を手に掛けた家来を引き渡して貰おう」

久蔵は青洲に笑い掛けた。不敵な笑いだった。

「秋山、それは南町奉行荒尾但馬守殿も承知の事か」

「殺しの下手人《げしゅにん》を捕えるのに、一々お奉行の許しはいらねえ……」

「秋山殿、御前は上様御寵愛の……」

「妾の親父かい」

久蔵は岡本を遮《さえぎ》った。

「おのれ、無礼者」

青洲が激昂し、久蔵を扇子《せんす》で打ち据えようとした。久蔵は扇子を握る青洲の腕を摑み、投げを打った。青洲は、畳に激しく叩きつけられた。

岡本と家来たちが、刀の鯉口《こいぐち》を切った。

稲垣と市兵衛が、素早く立ち上がって牽制した。

「桂田青洲、役目を返上して隠居した限り、お前は無駄飯食いの只の爺。これ以上、世間に迷惑を掛けずにくたばっちまいな」

「黙れ、秋山」

青洲は脇差を抜き、久蔵に斬り掛かってきた。

刹那、久蔵の心形刀流《しんぎょうとうりゅう》が閃《ひらめ》いた。

青洲は、脇差を構えたまま立ち尽くした。

「御前……」

岡本が駆け寄った。

青洲が苦しげに呻き、喉元から血を滴らせて座り込んだ。

青洲は声を失った。

「岡本、松葉屋伝兵衛殺しで訊きたい事がある。同道して貰おう」

「拙者は直参《じきさん》旗本桂田青洲の家来、町奉行所の詮議《せんぎ》を受ける謂れはない」

「人一人が死んでいるんだ。何だったら目付に報せて評定所扱いにするが、それでもいいのかい」

岡本は絶句した。

評定所扱いになると、桂田青洲の悪事も暴露される。評定に関わる寺社奉行、勘定奉行、町奉行、大目付、目付たちの中には、桂田青洲を苦々しく思っている者も多い。その評定所扱いになると、如何に上様御寵愛の側室の実家でも取り潰しの恐れがある。

岡本新八郎は、何もかもが終わったのを知った。

稲垣と市兵衛が、岡本の両刀を取り上げて立たせた。

青洲は喉を苦しく鳴らし、哀れみを請う眼差しで久蔵を見詰めた。

「残りの生涯、無事に送りたければ、二度と悪事を働かず、おとなしくしているんだな」

久蔵は厳しく告げ、桂田屋敷を出た。

稲垣と市兵衛が、岡本新八郎を連れて続いた。

久蔵は謹慎した。

稲垣源十郎と蛭子市兵衛は、岡本新八郎を厳しく詮議した。

岡本は松葉屋伝兵衛殺害を認め、桂田家を致仕《ちし》した。

桂田青洲は声を失ったが、命は取り留めた。だが、悪事の噂は江戸中に広がり、手にしていた隠然たる力は失われた。それは、娘が上様御寵愛の側室であっても、抗し切れない流れだった。

呉服商『松葉屋』は、お内儀のお登勢を中心にして番頭たち奉公人が商いを再開した。

おゆきは、引き続き『松葉屋』の子供たちの躾《しつけ》と教育をする女中として奉公をした。

午後の日差しは、濡縁や座敷にまで伸びていた。

久蔵は、日差しの中で手足を伸ばした。

「旦那さま……」

下男の与平が、庭先にやって来た。

「何だ、与平……」

与平は父親の代からの奉公人であり、女房のお福と共に家族といって良い間柄だ。

「弾正橋《だんじょうばし》に鰻《うなぎ》やが出ていましてね……」

与平は鰻の蒲焼《かばやき》の包みを差し出した。

「鰻は良いが、酒が欲しいな」

謹慎になって以来、久蔵は酒を飲み続け、香織に厳しく制限されていた。

「えへへ。抜かりはありませんよ」

与平は腰から瓢簞《ひょうたん》を外し、懐から二個の湯呑茶碗を出した。

「流石は与平だぜ……」

久蔵と与平主従は、日差しを浴びて鰻の蒲焼を肴《さかな》に酒を飲み始めた。

「謹慎も偶《たま》には悪くはねえ……」

久蔵は笑った。

第二話

忍び口

一

文月《ふづき》――七月。

七日の七夕《たなばた》。そして、お盆や藪入りが続く季節。

両国米沢町《よねざわちょう》の茶問屋『駿河堂《するがどう》』は、大名旗本家の御用達として繁盛していた。

その日、『駿河堂』の主の仁左衛門《にざえもん》と大番頭の善兵衛《ぜんべえ》は、仕入れに必要な百両の金を用意する為に店の奥にある金蔵に入った。

店の奥にある金蔵は、石の壁になっており冷え冷えとしていた。

仁左衛門と善兵衛は金蔵に入り、壁際に置いてある船簞笥《ふなだんす》のような金箱の扉を開けた。

「だ、旦那さま……」

大番頭の善兵衛が震えた。

「どうした」

「金箱が……金箱が空です」

「なんだって……」

仁左衛門は金箱を覗き込んだ。

入っている筈の八百両もの小判が、綺麗になくなっていた。

柳橋の船宿『笹舟』の主弥平次は、女房のおまきと茶を飲んでいた。

「お父っつぁん……」

養女のお糸が入って来た。

「なんだい」

「駿河堂の大番頭さんが、血相を変えて……」

「座敷にお通ししな……」

「はい」

お糸が慌ただしく戻って行った。

「お前さん」

「ああ。何か起こったようだ。勇次に幸吉を呼ぶように云ってくれ」

『駿河堂』のある両国米沢町と『笹舟』のある柳橋は、広小路と神田川を挟んだ目と鼻の先だ。

弥平次一家と『駿河堂』の者たちは、顔見知りでもあった。

大番頭の善兵衛は、金蔵が破られた事を弥平次に告げた。

「そして、八百両の小判がなくなっていました」

善兵衛の声は震えていた。

「駿河堂さんの金蔵が破られたなんて……」

弥平次は驚いた。

三年前、『駿河堂』は店と母屋を全面的に改築し、石壁の金蔵を作った。その時、弥平次は出来たばかりの金蔵を見せて貰っていた。

「で、石壁が崩れているとか、床が破られているとかは……」

「手前どもが見たところでは、変わった事はなにもございませんが……」

石壁の金蔵を破った程の盗賊だ。素人に見抜かれるような下手な真似はしない。

「善兵衛さん、金蔵の鍵を持っているのは」

「旦那様と手前の二人だけです」

「分かりました。とにかく金蔵を見せて戴きましょう」

弥平次はおまきを呼び、出掛ける仕度を始めた。

「親分……」

幸吉が駆け付けて来た。

「幸吉、駿河堂さんの金蔵が破られた」

「駿河堂さんの……」

幸吉も駿河堂の金蔵の事は知っている。

「勇次……」

「へい」

「南の御番所に走り、和馬の旦那に騒ぎ立てずにお出《い》で願いたいとな」

弥平次は金蔵を破ったのが、『駿河堂』の内部の者だった場合を懸念した。

「合点です」

勇次は走った。

弥平次は善兵衛を先に帰し、幸吉を従えて『駿河堂』に向かった。

両国米沢町の茶問屋『駿河堂』は、広小路の賑わいに一際《ひときわ》目立つ日除《ひよ》け暖簾《のれん》を出していた。

主の仁左衛門は、金蔵が破られた事実を一部の者だけに告げ、いつも通りに商いを続けていた。

弥平次と幸吉は、店の裏手に廻って板塀の戸口を叩いた。

扉が中から開き、善兵衛が顔を出した。

「どうぞ……」

弥平次と幸吉は、善兵衛の案内で庭から母屋に向かった。金蔵は店と母屋の間にある。

母屋には主夫婦と隠居、そして娘と息子の五人が住んでおり、客で賑わっている店先とは違って静けさに包まれていた。

善兵衛は、弥平次と幸吉を店の座敷に案内した。茶の芳ばしい香りが、店の中に漂っていた。

主の仁左衛門が座敷で待っていた。

「これは、親分さん、ご造作《ぞうさ》をお掛けします」

「いいえ。旦那、この度はとんだ事になりまして……」

「はい。金蔵は親分もご存知の石室《いしむろ》、鍵を持っているのは手前と善兵衛の二人だけ……」

「鍵は今も……」

「はい……」

仁左衛門と善兵衛は、それぞれの鍵を出して見せた。

「この通り、肌身離さず持っております」

「その鍵を何方かに渡し、金蔵に行かせたとかは……」

「金蔵の戸を開けるのは、手前か善兵衛のどちらかです。二人ともいない時、扉が開く事はございません」

「お内儀さんや若旦那、御隠居さまでも……」

弥平次は静かに尋ねた。

「はい。金蔵の金は店のものでして、如何《いか》に主筋《しゅうすじ》といえども女房や隠居の手出し出来る物ではございません」

仁左衛門の言葉に善兵衛は頷いた。

「そいつはご無礼致しました」

『駿河堂』は店の金と、主個人の金を明確に区別していた。それが、何代も続いて来た『駿河堂』の家訓であり、主一家は古い土蔵深くに何千、何万両もの財産を持っていると噂されていた。

廊下に手代がやって来て、善兵衛に何事かを囁《ささや》いた。

「親分さん、南町の御番所の神崎さまがお見えになられました」

定町廻り同心の神崎和馬が、勇次に案内されて来たのだ。

「幸吉……」

「はい。それでは番頭さん……」

幸吉は、善兵衛と和馬を迎えに行った。

店の奥にある金蔵の戸は、黒光りしている樫《かし》の木で出来ていた。

幸吉は善兵衛から鍵を借り、戸の錠を外した。

「勇次……」

「はい」

勇次が黒光りする戸を開けた。樫の木の戸は重いが、小さな車輪がはめ込まれており軽やかに開いた。樫の木の戸の奥には、格子戸があった。格子戸に錠はなく、勇次が続けて開けた。

善兵衛が金蔵に入り、手燭《てしょく》の明かりを幾つもの燭台に灯した。

燭台の灯りが、石壁や樫の木の床に映えた。

「和馬の旦那……」

「うん」

和馬は弥平次に促され、石壁の金蔵に入った。弥平次と幸吉、勇次が続いた。

「旦那、八百両の金はここに仕舞ってあったのですか」

弥平次は、船簞笥のような金箱を示した。

「はい……」

弥平次は金箱の扉を開けた。金箱には、沽券状《こけんじょう》や借用書などの証文があるだけで、金はなかった。

「ふむ……」

和馬は金蔵を見廻した。

石壁や床に変わった様子は見えない。

幸吉と勇次は石壁や床を叩き、何らかの異常がないか調べた。だが、異常は何処にも見当たらなかった。

和馬と弥平次は外に出て、縁の下に潜《もぐ》った。縁の下には樫の木の柵が組まれ、金蔵の真下は石で隙間なく組まれていた。仮に縁の下から金蔵に行くとしたら、柵と石組みを破らなければならない。だが、破られた形跡はなかった。

「こいつは分からねえ……」

和馬は、吐息混じりに首を捻った。

「旦那。確か店は、三年前に建て直したんでしたね」

弥平次は仁左衛門に尋ねた。

「はい。石壁の金蔵もその時、造りました」

「普請《ふしん》は何処の大工ですか」

「上野黒門町の大総《だいそう》さんの普請です」

黒門町の『大総』は、江戸でも名高い大工組織である。

『大総』は親方棟梁《とうりよう》の総兵衛《そうべえ》を頂点にし、小頭棟梁と三人の大工を一組として普請を請け負っていた。『大総』にはそうした組が三組あり、総兵衛を含め十三人の大工がいた。

「大総の仕事なら間違いはねえか……」

和馬は途方にくれた。

弥平次は、大番頭の善兵衛から下男下女までの奉公人の名前と素性を教えて貰った。十五人いる奉公人たちの素性は、大店『駿河堂』だけあって確かなものだった。だが、幾ら素性が確かでも、道を踏み外す者はいる。

和馬と弥平次は、奉公人たちの身辺を調べる事にした。

盗賊に押し込まれたり、鍵を失った事もなく、石壁や床を壊された痕跡もない。

だが、八百両もの金が、忽然《こつぜん》と消えてしまったのは事実だ。

「そいつは厄介だな……」

久蔵は、そう云いながら微かな笑みを浮かべた。

「あっ、面白がっていますね」

和馬は口を尖らせた。

「いいや、面白がっちゃあいねえよ」

和馬の睨みは的中していた。

久蔵は慌てて酒を飲み、浮かんだ笑みを隠した。

和馬は疑いの眼差しを久蔵に向け、手酌で酒を飲んだ。

「ま、弥平次の親分と、焦らずじっくりやってみるんだな」

「はあ……」

「義兄上……」

香織が酒と肴を持って来た。

「おう……」

香織が座り、銚子を手にした。

「和馬さま、さあ、どうぞ」

「は、はい。恐縮です」

和馬は猪口を差し出した。

香織は和馬の猪口に酒を満たし、好奇心に溢れた眼差しを向けた。

「和馬さま……」

「はい……」

「お福が申していましたが、煙のような盗賊が現れたんですって」

和馬が久蔵に一件の説明をしていた時、お福は茶を出しに来ていた。

「は、はあ……」

「それで、いつの間にか八百両も盗んだなんて凄いですねえ」

香織は感心していた。

「香織……」

久蔵が苦笑していた。

「あっ、これは私とした事が……。失礼致しました」

香織は頬を赤らめ、和馬に一礼して出て行った。

和馬は、憮然《ぶぜん》とした面持ちで酒を呷《あお》った。

久蔵は笑った。


初老の男の惨殺死体が、日本橋川鎧之渡《よろいのわたし》の土手で発見された。

南町奉行所臨時廻り同心蛭子市兵衛は、筆頭同心稲垣源十郎の命を受けて現場に向かった。

「蛭子の旦那……」

下っ引の庄太《しょうた》が、鎧之渡から駆け寄って来た。

「おう、庄太か……」

「はい。ご苦労さまです」

「仏さんは……」

「こちらです」

庄太は、市兵衛を渡し場の茶店の裏手に案内した。

初老の男の死体があり、傍らに岡っ引の神明《しんめい》の平七《へいしち》がいた。

「どうだい……」

市兵衛は、平七の隣りにしゃがみ込んだ。

「こりゃあ蛭子の旦那。ご苦労さまです」

「人足かい……」

市兵衛が、初老の男の姿形《なり》を見て推測した。

「はい。茶店の主によりますと、竹造《たけぞう》って小網町《こあみちよう》に住んでいる日雇い人足じゃあないかと……。今、家族を呼びに行っています」

平七は、初老の男の着物をはだけて見せた。腹や背に数ヶ所の刺し傷があった。

「刺し傷は腹と背中に五ヶ所。一人の仕業じゃありませんね」

「うん。それに物盗りじゃあないね」

「はい。巾着《きんちゃく》は無事です」

「恨みを買うような仏さんには、見えないがねえ」

初老の男の顔は、殺された時の恐怖に歪んでいたが、温和な顔立ちをしていた。

「神明の親分さん」

自身番の番人が、若い娘を連れて来た。

「竹造さんの娘のお葉《よう》さんです」

お葉は、蒼白な顔で筵の掛けられた死体を見詰めた。

「すまないが、確かめて貰うよ」

「はい……」

お葉は頷いた。

平七は筵を捲《めく》り、初老の男の顔を見せた。

「お父っつぁん」

お葉は悲痛に叫び、初老の男の死体に縋り付いた。

「旦那……」

「うん。竹造に間違いないようだね」

「ええ……」

「暫くそっとして置いてやるんだね」

「はい」

「で、殺された場所は……」

「こちらです」

庄太が土手の斜面に案内した。

斜面の草むらが踏み荒らされ、血が飛び散っていた。

「昨夜、渡しが終わり、親父が茶店を閉めた時には何事もなく、今朝店を開けに来て死体に気がついたそうです」

渡し場の茶店は、通いの親父によって営まれていた。

日雇い人足の竹造は、夜中に数人の下手人によって刺し殺された。

竹造の遺体は、自身番の番人たちによって小網町三丁目の裏長屋に運ばれた。

竹造の女房は既に死んでおり、家族は娘のお葉一人だった。

平七と庄太は、竹造の弔《とむら》いの仕度を手伝い、様々な情報を摑んだ。

竹造は今、日本橋南の小松町《こまつちよう》の酒屋の改築普請場の手伝いとして月ぎめで雇われ、下働きをしていた。殺された日も、朝から普請場に出掛けていた。

「何処の大工の普請だい」

「上野黒門町の大総の普請だそうです」

「大総か……」

「はい」

「よし、弔いは庄太に任せ、行ってみるか」

「はい。お供します」

市兵衛と平七は、庄太を残して日本橋南の小松町の普請場に向かった。

小網町三丁目から日本橋小松町に行くには、日本橋川を鎧之渡で渡るか、岸辺伝いに東堀留川《ひがしほりどめがわ》の思案橋《しあんばし》と西堀留川の荒布橋《あらめばし》、そして日本橋川に架かる江戸橋を渡っていく方法がある。

市兵衛と平七は、鎧之渡から渡し舟に乗って対岸の南茅場町《みなみかやばちょう》に渡り、楓川《もみじがわ》に架かる海賊橋《かいぞくばし》を抜けて小松町に向かった。

小松町の酒屋の改築普請場は、三十歳代の小頭棟梁の初五郎《はつごろう》と三人の若い大工が働いていた。

平七は十手を見せ、小頭棟梁の初五郎を呼んだ。

「普請場を預かっている大総の初五郎にございますが……」

初五郎は、手拭で汗を拭いながらやって来た。

「こちらは南町の蛭子の旦那、あっしは神明の平七って者だが、この普請場で竹造さんって日雇い人足が働いていたね」

「へい。掃除や賄《まかな》いをして貰っていますが、生憎《あいにく》な事に今日はまだ……」

「そいつは分かっているよ」

初五郎の顔に緊張が浮かんだ。

「竹造さんの身に何か……」

「うん。ちょいとな。で、竹造さん、昨日は何時頃、帰ったんだい」

「はい。申《さる》の刻七つ半、職人の仕事仕舞いに辺りを片付けて……。あっしは下谷の家、若い者たちは上野黒門町の総兵衛親方の家に帰りましたが、竹造さんは後片付けをして掃除をしていましたので……」

「詳しい時刻は分からないか……」

「はい。ですが、遅くても四半刻後には帰ったと思います」

「そうか……」

「親分……」

初五郎は不安げな目を向けた。

「実はな、初五郎。竹造さん、昨夜遅く鎧之渡の傍で殺されてね」

「殺された」

初五郎は驚き、三人の若い大工たちが手を止めた。

「どうだ初五郎、竹造が殺された事に何か心当たりはないかい」

市兵衛が尋ねた。

「さあ、竹造さんは真面目な働き者。おかしな事に関わるような人じゃありませんし……」

初五郎は首を捻った。

「皆はどうだ。何か知らないか」

「さあ……」

三人の若い大工は、互いに顔を見合わせて言葉を濁した。

初老の竹造と若い大工たちが、仕事帰りに遊んだり酒を飲みに行くのも考えにくい。

「それで初五郎、ここの普請は酒屋の改築だと聞いたが、なんて酒屋だい」

「はい。和泉屋《いずみや》さんです」

「和泉屋か……」

市兵衛は、普請場に古い酒屋があったのを思い出した。

「旦那……」

平七の眼が、切り上げ時を報せた。

「うん。初五郎、皆、忙しいところを邪魔をしたね。また話を訊きに来るから宜しくな」

「へい。ご苦労様でございました。あっしたちも何か思い出したらお報せ致します」

「うん。頼むよ。じゃあ平七……」

「はい。じゃあ、あっしは小網町に戻ってお葉に詳しい事を訊いてみます」

お葉は、父親の突然の死の混乱から落ち着きを取り戻しているかも知れない。

「うん。私は奉行所に戻るよ」

市兵衛と平七は、日本橋小松町の酒屋の改築普請場で別れた。


南町奉行所に戻った市兵衛は、筆頭同心稲垣源十郎に竹造殺しのあらましを報告した。

「竹造、昔は何をしていたんだ」

稲垣の口調は厳しかった。

「昔ですか……」

市兵衛は戸惑った。

「竹造も昔から日雇い人足をしていた訳じゃあるまい」

「はあ……」

「その頃の事で恨みを買い、今になって殺された。考えられぬ事はあるまい」

「そうですね。その辺を良く調べてみますよ」

「うむ」

稲垣は云うことをいい、読み掛けの書類に眼を落とした。

稲垣の言葉はもっともな事だった。同心詰所を出た市兵衛は、大きく背伸びをした。

「おう、市兵衛……」

久蔵が、南町奉行所の門を潜って来た。

「これは秋山さま……」

「ちょいと用部屋に来てくれ」

「はい……」

久蔵は、さっさと奉行所に入って行った。

市兵衛は続いた。

用部屋に落ち着いた久蔵は、市兵衛に茶問屋『駿河堂』の一件を話して聞かせた。

完全に密封された石造りの金蔵から消えた八百両……。

「それはそれは……」

市兵衛は、思わず身を乗り出した。

二

市兵衛は唸《うな》った。

「どうだい、今の話で何か気がついた事はないか」

久蔵は、思わしい進展を見せない『駿河屋』の一件を新しい眼で見ようとしていた。

「はあ……」

市兵衛は首を捻った。

「何れにしろ、何者かが金蔵に忍び込んだのに間違いはありません。戸口か壁、天井に床下、その何処かから……」

「だが、何処にも細工をした形跡はないんだぜ」

「ですが、忍び口は必ずあります」

「そりゃあそうだな。盗人が煙や水じゃあねえ限り、忍び込んだ出入り口は必ずあるか」

「はい」

「もう一度、金蔵を調べるしかねえか……」

久蔵は苦笑した。

「ええ。見つけるまで、何度でも……」

「だが、和馬に出来るかどうかだ」

「和馬に出来なくても、弥平次の親分がついていますから大丈夫でしょう」

市兵衛は笑った。

「そうだな。ところで市兵衛、今、何をしているんだい」

「はあ……」

市兵衛は、竹造殺しの一件を説明した。

「普請場の日雇い人足殺しか……」

「ええ……」

「手口から見て、殺《や》ったのは玄人《くろうと》だな」

「きっと……」

「その普請場、何処の大工の仕事だい」

「上野黒門町の大総の仕事でしてね。総兵衛の弟子が棟梁を務めています」

「大総だと……」

久蔵が訊き返した。

「はい。大総が何か……」

「駿河屋も三年前、店を改築していてな。大総の仕事だった」

「へえ、そいつは偶然ですね」

「ああ……」

久蔵は僅かに頷いた。


和馬と弥平次は、探索に行き詰まっていた。

主の仁左衛門とその家族、大番頭の善兵衛を始めとした奉公人に不審な者は一人としていなかった。

弥平次は、鋳掛屋《いかけや》の寅吉《とらきち》や夜鳴蕎麦屋《よなきそばや》の長八《ちょうはち》、そして托鉢坊主の雲海坊やしゃぼん玉売りの由松たち手先に『駿河屋』の何もかもを洗わせた。だが、店の内情や奉公人たちの関係にも、不審なところは何もなかった。

「家族や奉公人じゃあないとしたら……」

和馬は草臥れ果てていた。

「出入りの者や関わりのある者ですか……」

和馬と弥平次は、探索の範囲を広げて不審者を探した。

竹造の遺体は、長屋の大家が親しくしている寺の墓地に葬られ、弔いは無事に終わった。

弔問客《ちようもんきやく》は少なく、淋しいものだった。

平七と庄太は、竹造の人柄を探った。

竹造は実直な働き者であり、誰に聞いても評判は良かった。

近くの大店に通い奉公をしている娘のお葉と二人、地道な暮らしぶりは他人に怒りや恨みを買う筈もなかった。

竹造の現在の暮らしに、殺される理由は見当たらない。

昔の竹造……。

平七は竹造の過去を遡る為、大家の家を訪れた。

大家は、町名主の名代として地代・家賃を店子より集めたり、公用・町用を務め、自身番に出て末端行政を担い、江戸には二万人いたとされている。

竹造は十年前、少女だったお葉を連れて裏長屋に引っ越してきていた。

「おかみさん、いなかったんですかい」

「何でも越してくる前の年、掘割に落ちて溺れ死んだとかでね……」

「掘割で……」

「ええ。ま、そんな事があったから、こっちに引っ越して来たんだろうがねえ」

「竹造さん、引っ越して来た時から日雇い人足をしていたんですかい」

「いや。引っ越して来た頃は、小間物の行商をしていたんだが、お葉ちゃんがまだ小さかったから近場での日雇い稼ぎを始めてね。毎日、決まった刻限に帰って来ては、晩飯を作ってて。そりゃあもう、真面目な良いお父っつぁんだったよ」

竹造は酒を僅かに嗜《たしな》む程度であり、博奕《ばくち》や女に入れあげた様子はなかった。

「まったく、どうして殺されちまったのか……」

竹造が殺された理由は、大家にも見当がつかなかった。

平七は、竹造たちが小網町に来る前に住んでいた所を大家に尋ねた。

竹造は十年前まで、深川木置場《きおきば》傍の久永町《ひさながちょう》に住んでいた。

平七はその長屋の名と場所を訊き、大家に礼を云って別れた。

小網町三丁目の裏長屋にある竹造の家は、訪れる者も途絶えて暗く沈んでいた。

庄太は木戸口に佇み、竹造の家に張り付いていた。

「庄太……」

　平七が戻って来た。

「どうだ、変わった事はねえか」

「親分……」

　平七は竹造の家を示した。

「へい。時々、すすり泣きが聞こえます」

「そうか……」

　お葉は、父親竹造の死の衝撃に激しく打ちのめされている。

「事情を訊くのは、まだ無理かも知れませんね」

　庄太が心配げに竹造の家を見た時、腰高障子を開けてお葉が現れた。

「親分さん、いろいろありがとうございました」

　お葉は、父親の弔いを手伝ってくれた平七と庄太に礼を述べ、泣きはらした眼を向けた。

「お父っつぁんを手に掛けた下手人、分かりましたか」

　お葉の言葉はしっかりしていた。

「いや。まだ……」

平七は首を横に振った。

「私でお役に立つのなら、何でも訊いて下さい」

お葉は、零れ落ちそうになる涙を懸命に堪えていた。


平七と庄太は、竹造の位牌《いはい》に手を合わせた。

お葉は茶を差し出し、平七の質問を待っていた。そこには、父親を殺した下手人をお縄にしたい一念が滲み出ていた。

平七は茶を啜り、お葉の気持ちに巻き込まれないように間を取った。

「……お葉さん。竹造さん、誰かに恨まれていた事はなかったかい」

「恨まれるなんて、ありません」

お葉は間を置かず、はっきりと答えた。

殺された父親を心底、信じている……。

平七は微かに笑った。

「じゃあ近頃、何か変わった様子はなかったかい」

「変わった様子ですか……」

「ええ。何かに怯えていたとか、妙に何かを気にしていたとか……」

「そういえば……」

　お葉は眉を顰めた。

「心当たり、あるんですか……」

「はい。怯えていたかどうかは分かりませんが、両国の茶問屋さんで起きた押し込みを気にしていたような気がします」

「茶問屋の押し込み……」

「はい。何でも誰も気付かない内に風のように忍び込み、大金を盗んだって盗賊です」

「親分、米沢町の駿河堂の一件ですね」

「ああ。お葉さん、竹造さんは駿河堂の一件を気にしていたんだね」

「はい。私が奉公先で聞いてきて話した時には、それ程じゃあなかったのですが。確か次の日の夜、妙に気にして訊いてきたんです」

「どんな事を……」

「金蔵は何処にあったのかとか、何処の大工が建てたんだろうとか……」

　竹造は、両国米沢町の茶問屋『駿河堂』の事件を気にしていた。

「親分、竹造さん殺し、駿河堂の一件と何か関わりあるんですかね」

庄太が怪訝に首を捻った。

「ああ……」

平七は、行く手に微かな明かりを見た。


市兵衛は番茶を啜った。

「竹造が、駿河堂の一件をねえ……」

「はい。妙に気にしていたとか……」

「ひょっとしたら、竹造殺しと駿河堂の一件、関わりがあるかい……」

「はい。違いますかね」

平七は大きく頷いた。

「何とも云えないが、調べてみる必要はあるかも知れないな」

「市兵衛の旦那……」

「ちょいと待っていてくれ。秋山さまに話してみるよ」

市兵衛は同心詰所に平七を残し、久蔵のいる用部屋に向かった。

「成る程……」

「神明の平七の睨み、如何ですか」

市兵衛は久蔵を見詰めた。

「面白いじゃあねえか」

久蔵は笑った。

「では……」

「よし、笹舟で和馬や弥平次と逢おう。平七と一緒に来てくれ」

「心得ました。では、ご免……」

市兵衛は、足早に用部屋を出て行った。

久蔵の眼が鋭く輝いた。


夜の隅田川には船の明かりが煌めき、三味線の爪弾きが流れていた。

船宿『笹舟』の座敷には、隅田川からの涼風が軽やかに吹き抜けていた。

「で、市兵衛さん、その竹造って殺された日雇い人足、駿河堂の一件を妙に気にしていたんですか」

和馬は眉根を寄せた。

「うん。なあ、平七」

「はい。金蔵の場所や何処の大工の普請かなどと……」

平七は答えた。

「そして、何者かに殺された……」

弥平次が、嚙み締めるように呟いた。

「どうだ和馬、弥平次。市兵衛と平七は、竹造殺しと駿河堂の一件、関わりがあるんじゃあねえかと云っているんだが、どう思う」

久蔵は話を進めた。

「はあ……」

和馬が眉根を寄せ、首を捻った。

「平七、殺された竹造さん、どんな日雇い人足をしていたんだい」

「はい。日本橋小松町の酒屋の普請場に下働きの人足として雇われていました」

「普請場の下働きねえ……」

弥平次は思いを巡らせた。

「平七、その酒屋の普請、確か大総の仕事なんだろう」

久蔵の眼に笑みが滲んでいた。

「はい。左様にございます」

「大総……」

「上野黒門町の大総か……」

弥平次は、緊張した眼を平七に向けた。

「はい」

平七が頷いた。

「どうした親分……」

「はい。駿河堂は三年前、店を新築していましてね。その普請を請け負った大工が大総なんです」

大工『大総』……。

茶問屋『駿河堂』の普請と、殺された竹造が働いていた普請場は、どちらも大工『大総』のものだった。

上野黒門町の大工『大総』が、いきなり大きく浮かびあがった。

「秋山さま……」

市兵衛が眉を顰めた。

「ああ、両方とも大総が関わっている訳だ」

久蔵は薄く笑った。

「和馬、駿河堂の金蔵、どうなっている」

市兵衛の顔に厳しさが溢れていた。

「はあ。石の壁と樫の木の床でして……」

「縁の下は……」

市兵衛は畳み掛けた。

「やはり樫の木の柵が張り巡らされ、野良犬や野良猫も入れないようになっていましてね。出入り口には、しっかりした錠前が掛けられておりました」

弥平次が、和馬に代わって答えた。

「その錠前に異常はなかったか……」

「はい。錠前の鍵は、駿河堂の旦那と大番頭が持っております」

「それにもし柵を通り抜けたとしても、金蔵の下は石が組まれておりましてね。忍び込むのはとても……」

和馬が困惑した面持ちになった。

「無理か……」

「はい」

和馬が頷いた。

「ですが……」

弥平次は言い澱《よど》んだ。

「親分、気になる事でもあるのかい」

久蔵が弥平次を促した。

「はい。もし、何かの細工をしてあれば、忍び込むのは容易かと思います」

弥平次は言い切った。

「細工か……」

市兵衛が頷き、和馬と平七が微かに喉を鳴らした。

「仮に弥平次の睨みが正しいとしたら、そいつが竹造殺しにどう関わるかだな」

久蔵は、市兵衛と平七に笑い掛けた。

「先ずは竹造が、大総の大工たちが今の普請場にした細工に気付いたか、細工をするのを見てしまった」

「あっしもそうじゃあないかと思います」

平七は、市兵衛の読みに頷いた。

「口封じかい」

竹造は知らなくて良い事を知り、口封じに殺された。

「きっと……」

市兵衛が頷いた。

「よし。皆、今までの話は、何もかも只の推測、何の証拠もねえ与太話《よたばなし》だ。こいつを与太話で終わらすかどうか、ま、しっかりやってくれ」

久蔵は手を叩いた。

お糸が返事をし、仲居と共に酒と料理を持って現れた。

和馬の腹の虫が盛大に鳴いた。


翌日、上野黒門町大工『大総』の近くに行商の鋳掛屋が店を開き、托鉢坊主としゃぼん玉売りが現れた。そして夜、鋳掛屋が店を開いた場所では、夜鳴蕎麦屋が商売を始めた。

弥平次の手先を務める寅吉、雲海坊、由松、そして長八だった。

大工『大総』は、弥平次たちの監視下に置かれた。

親方棟梁の総兵衛が営む『大総』には、初五郎たち三人の小頭棟梁がおり、それぞれ三人の弟子を率いて普請を請け負っていた。

現在、『大総』は、日本橋小松町の酒屋と根津権現裏千駄木《ねづごんげんうらせんだぎ》の寮の普請を請け負っていた。

初五郎たち小頭は黒門町付近に各々の家を構え、弟子たちは親方棟梁の総兵衛の処に住み込んでいた。

寅吉たち手先は、親方棟梁の総兵衛に的を絞って探索を開始した。

和馬と幸吉は、茶問屋『駿河堂』に行き、主仁左衛門から縁の下の柵の鍵を借りた。そして、二尺弱ほどの高さのある縁の下の柵の出入り口を開け、奥にある石組みに這い進んだ。

石組みは、金蔵の床を護るようにしっかりと組まれ、蟻の入る隙間もなかった。

和馬と幸吉は、十手で石組みを叩き、押してみた。だが、石組みは微動もせず、異常は見られなかった。

日本橋小松町の酒屋の普請は、小頭棟梁の初五郎と三人の弟子大工によって進められていた。

竹造が殺されて以来、初五郎は下働きを雇っていなかった。

市兵衛と平七は、普請場近くの薬種屋の二階の部屋を借り、初五郎たちを見張り始めた。

忙しく働く初五郎たちに、不審なところは見受けられなかった。それは、普請自体にもいえた。

いずれにしろ普請場を調べるのは、初五郎たちが仕事を終えてからでなければ無理だった。

「市兵衛の旦那、それまで、ちょいと初五郎を調べては如何でしょう」

「それもそうだな。よし、此処は俺が見張っている。平七は庄太とそうしてくれ」

「お一人で面倒はありませんかね」

「なあに、奴らも日暮れまでは、仕事を続けるだろう。二人で行って来てくれ」

「じゃあ、ご免なすって……」

平七と庄太は市兵衛を残し、小頭棟梁の初五郎の身辺を洗いに向かった。

初五郎は、下谷町一丁目にある本正寺の家作に一人で暮していた。そこは、親方棟梁総兵衛の住む上野黒門町の家に近かった。

平七と庄太は、本正寺周辺に初五郎の評判を尋ね歩いた。

独り身の初五郎は、普請仕事が入っている時、朝早く出掛けて決まった時刻に帰って来ていた。そして、休みの日には掃除洗濯に忙しく、夜は僅かな晩酌を楽しんでいた。

本正寺と近所の者たちは、初五郎の酔った姿や女を連れ込むのを見たことがなかった。

初五郎の評判は良かった。

平七と庄太は、不忍池の畔の茶店で一息ついた。

不忍池には水鳥が遊び、弁財天《べんざいてん》や上野寛永寺《かんえいじ》の参拝客が散策していた。

「初五郎、評判いいですね」

「ふん。良過ぎるぜ」

平七が笑った。

「親分……」

「庄太、初五郎の暮らしぶりはまるで御隠居さんだ。とても独り身の大工の棟梁とは思えねえぜ」

平七には、初五郎の良過ぎる評判が作られたものにしか思えなかった。

「じゃあ……」

「猫、被っていやがるんだよ」

「って事は親分……」

「ああ。広小路から湯島辺りまで、じっくりと歩き廻ってみな」

「へい」

平七は庄太と別れ、上野黒門町の大工『大総』に向かった。

行商の鋳掛屋が店を開き、鍋の底を叩いていた。

大工『大総』は板塀に囲まれ、裏手の作業場から鋸《のこ》や金槌の音が聞こえていた。

平七は、板塀の中の見える場所を探した。

「神明の親分さん……」

突然、平七に声が掛かった。

平七は振り向いた。視線の先には、鋳掛屋の寅吉が店を開いていた。

平七は、何気なく寅吉に近付いた。

「左手の家の二階にうちの親分が……」

寅吉は顔をあげず、鍋の底を叩く合間に云った。

平七はそのまま通り過ぎ、辻を曲がってから指示された家の裏口に入った。

老櫛職人の主は、老妻に案内されて来た平七を一瞥《いちべつ》し、階段を示した。その間も、黄楊櫛《つげぐし》を作る老職人の手は止まる事はなかった。

「ご免なすって……」

平七は老櫛職人に挨拶し、屋根裏部屋にあがった。

弥平次が窓辺にいた。

「柳橋の親分……」

「おう、神明の、まあ見てみな」

弥平次は脇に動き、窓辺を空けた。

「こいつはどうも……」

平七は、窓辺に座った。

眼下に大工『大総』の作業場が見えた。作業場では、大工たちが材木を切り、鉋《かんな》や鑿《のみ》を使っていた。そして、白髪頭の年寄りが、出来を確かめていた。

「あの年寄りが……」

「ああ、親方棟梁の総兵衛だよ」

白髪頭の年寄りが、大工『大総』の親方棟梁の総兵衛だった。

総兵衛は弟子たちの仕事を検め、やって見せたりしていた。その姿には、弟子を育てる喜びが感じられた。

何故か平七は、意外な思いに駆られた。

「どう見る……」

弥平次は、総兵衛を見たまま訊いてきた。

「どうも、しっくりしませんね……」

「お前もそう思うかい……」

「親分も……」

「うん。何故かすんなりと腑《ふ》に落ちなくてね」

「親方の総兵衛、今度の一件には関わりなさそうですか……」

「そんな気がしてね」

「評判、良いんですね」

「ああ……」

弥平次は、寅吉たち手先の聞き込んできた情報をそう分析していた。

「良過ぎるって事は……」

「……評判、良過ぎる奴がいるのかい」

「はい。小松町の酒屋の普請場を預かっている小頭棟梁の初五郎が……」

「……だったら、もう少し見張ってみるか」

弥平次は、作業場の総兵衛を見詰めた。

若い弟子に仕事を教えている総兵衛は、どう見ても楽しそうに思えた。


日暮れが近付いていた。

初五郎と三人の大工は、その日の仕事を終えて辺りを片付けていた。

「評判が良過ぎる奴か……」

市兵衛は苦笑した。

「ええ。気に入りませんね」

平七は、調べてきた事を市兵衛に報告した。

「よし。普請場は俺が調べる。平七は初五郎に張り付いてみろ」

「はい」

日が暮れた。

初五郎たちは辺りを片付け終え、普請場を後にした。

「じゃあ旦那……」

平七は、薬種屋の二階を降りて行った。

市兵衛は龕燈《がんどう》を用意した。

三

月明かりを浴びた普請場には、木の香りが沈んでいた。

二階建ての普請場の一階には、既に床板が張られていた。

市兵衛は龕燈で辺りを照らし、変わったところがないか捜した。

酒屋となる普請場は百数十坪にも及び、変わったところは見当たらなかった。

やはり、龕燈一つでは無理なのかも知れない……。

市兵衛は龕燈で縁の下を照らし、覗き込んだ。二尺程の高さの縁の下には、木屑が見えるだけで奥は暗かった。

市兵衛は刀と十手を置き、羽織と着物を脱いで下帯一本になった。そして、龕燈の明かりを頼りに、縁の下に潜り込んだ。酒屋となる普請場の縁の下は、百数十坪の闇の世界だった。市兵衛は、辺りを調べながら這い進んだ。だが、龕燈一つの明かりでは、到底無理な作業といえた。

夜は無理だ……。

市兵衛は縁の下から這い出し、大きく息をついた。

市兵衛の泥塗《どろまみ》れの身体の中には、新鮮な空気が駆け巡って溢れた。

下谷町一丁目にある本正寺は、夜の静けさに沈んでいた。

普請場を出た初五郎は、親方棟梁総兵衛の家に寄ってから本正寺の借家に帰った。

家に帰った初五郎は、井戸端で水を浴びて一日の汗を流し、総兵衛のところから貰ってきた惣菜で晩飯を食べ始めた。

平七は木陰の暗がりに身を潜め、障子の開け放たれた居間で晩飯を食べる初五郎を見守っていた。

一人で晩飯を食べる初五郎……。

平七は良過ぎる評判を思い出すと共に、妙な違和感を覚えずにはいられなかった。

初五郎は晩飯を早々に終え、蒲団を敷いた。そして、障子と雨戸を閉め、行燈の灯を消した。

初五郎の家は闇に沈んだ。

このまま寝るのか、それとも……。
平七は緊張し、庭の木陰から戸口の表に向かった。
四半刻が過ぎた。
初五郎は寝てしまった。
これまでだ……。
平七がそう思った時、初五郎の家から微かな物音が聞こえた。
平七は茂みに身を潜め、闇に建つ初五郎の家を見守った。
戸が音もなく開き、初五郎がすり抜けるように現れた。
平七は息を詰めた。
初五郎は油断なく辺りを見廻し、着物の裾を翻して歩き出した。
野郎……。
平七は茂みを出て、初五郎の後を尾行した。
初五郎は、下谷広小路から湯島天神裏門坂通りに足早に向かった。
初五郎には、やはり別の顔がある……。
平七は、己の睨みの正しさに安心した。
初五郎は、裏門坂通りから明神下通りに抜け、すぐに中坂に曲がった。

中坂の先に、湯島天神門前町の賑わいが見えてきた。

湯島天神門前町には、居酒屋や小料理屋が並んでいる。その中には、酌婦や身体を売る女を抱えている店もあった。

初五郎は、小料理屋『梅《うめ》や』の暖簾を潜った。

平七は見届けた。

「親分じゃありませんか……」

背後に庄太がいた。

「おう、どうした」

「はい。云いつけ通り、盛り場に初五郎の足取りを探したんですが、この門前町にある小料理屋の女と一緒なのを見たって人がいましてね。それで来たんですが、なかなか見つからなくて……」

庄太は草臥れ果てていた。

「そいつはご苦労だったな。初五郎の野郎はあの梅やにいるぜ」

「梅や……」

庄太は、風に揺れている『梅や』の暖簾を見た。

「初五郎、来ているんですか」

「ああ、家で寝ちまったふりをしてな」

平七は嘲笑《あざわら》った。

「でも親分、煩い女房や親もいない一人暮らしなのに、どうして寝たふりなんかして来るんでしょうね」

庄太は首を捻った。

「世間の評判、良くして置きてえんだろうな」

「そうか……」

「だが、引っ掛かるのは、何故そこまでして評判を良くして置きたいかだ」

「ええ。梅やに入れりゃあいいんですが、親分もあっしも面が割れていますしね」

「ああ。張り込むより、仕方があるまい」

平七と庄太は、張り込みを続けた。

小半刻が過ぎ、町木戸の閉まる亥《い》の刻四つが近付いた。

小料理屋『梅や』の格子戸が開き、初五郎と若い女が出て来た。

「親分……」

「ああ、ようやく当たり前の姿を見せやがった」

独り身の男が、女と遊ぶのは当然だ。遊ばない方が、寧《むし》ろおかしいのだ。初五郎は小細工が過ぎたのかも知れない。

平七は小さく笑った。

初五郎と若い女は、もつれるように湯島天神の裏手に向かった。

平七と庄太は追った。

湯島天神の裏には、数軒のあいまい宿があった。

初五郎と若い女は、その一軒の宿に入った。

おそらく初五郎は女と遊び、夜明け前に家に帰って何事もなかったように仕事に行くのだろう。

世間は、そんな初五郎を真面目な働き者だと感心し、評判を良くするのだ。

「よし、ご苦労だったな。今夜はこれまでだ」

平七は庄太を労い、夜道を飯倉神明宮《いいくらしんめいぐう》門前にある茶店『鶴《つる》や』に帰った。

飯倉神明宮門前にある茶店『鶴や』は、平七の女房お袖《そで》が営んでいた。

平七は庄太に泊まっていくように云い、お袖に酒と料理を用意させた。

庄太は、お袖の手料理を腹一杯に食べ、泥のように眠り込んだ。

江戸湊《えどみなと》に日が昇り始めた。

市兵衛は、八丁堀《はっちょうぼり》の組屋敷を出て日本橋小松町の普請場に急いだ。

八丁堀組屋敷から小松町の普請場に行くには、九鬼《くき》式部少輔《しきぶのしょう》の江戸上屋敷と細川越中守の下屋敷の傍らを抜け、楓川に架かる新場橋《しんばばし》を渡れば良い。

初五郎たちが来る前に調べなければならない……。

市兵衛は、夜露に濡れた新場橋を足早に渡った。

日本橋小松町の酒屋『和泉屋』の普請場は、朝日に影を長く伸ばしていた。

市兵衛は昨夜の内に、隣町にある酒屋『和泉屋』の仮店に赴《おもむ》き、主の清五郎《せいごろう》に新築する店の図面を見せて貰っていた。

新築する店の金蔵は、母屋の手前の廊下を西に進んだ処に記されていた。

市兵衛は、朝日に照らされる根太《ねだ》の上を進み、金蔵が造られる筈の処に進んだ。

金蔵が造られる筈の場所には、既に床板が根太を覆っていた。

市兵衛は、床板の張りを確かめた。床板の張りに異常はなく、僅かな隙間も軋みもなかった。

図面では、この床板の上に樫の木の分厚い床板を張る予定になっていた。

市兵衛は床下を覗いた。

張られた床板の裏に何かが見えた。

市兵衛は根太を降り、縁の下に潜り込んだ。

床板の裏には、閂《かんぬき》が嵌《は》められていた。

市兵衛は閂を引き抜き、床板を押し上げた。床板が上に外れ、人一人が通り抜けられる程度に開いた。

市兵衛は開いた穴を潜り、床板の上に上半身を出した。そこは金蔵の隅だった。

金蔵に入る忍び口……。

初五郎と三人の大工は、普請の時に密かに金蔵に忍び口を造り、後に侵入して金を奪うのだ。

市兵衛は、ようやく確かな証拠を摑んだ。

卯《う》の刻六つ。

秋山屋敷の門を開けた下男の与平は、昇る朝日に眩《まぶ》しげに拍手《かしわで》を打って手を合わせた。そして、念仏のように何事かを呟いた。それは、与平だけの毎朝のささやかな儀式だった。

儀式を終えた与平は、鼻歌混じりに門前の掃除を始めた。

「やあ、与平……」

市兵衛がやって来た。

「こりゃあ蛭子の旦那、今朝は又、お早いお出でで……」

与平は親しげに笑い、頭を下げた。

「秋山さま、お目覚めかい……」

「さあて、まだだと思いますが。香織さまとお福は、そろそろ朝餉《あさげ》の仕度を終える頃ですよ」

与平は笑った。

「そいつは良い。邪魔をするよ」

「どうぞ、どうぞ……」

与平は、市兵衛を台所に案内した。

その昔、蛭子市兵衛は女房に逃げられた。激しい衝撃を受けた市兵衛は、町奉行所同心はおろか刀を棄てようとした。その時、思い止まらせたのが、与力の久蔵だった。

久蔵は、市兵衛を定町廻り同心から臨時廻り同心に移し、衝撃から立ち直るのを待った。

それは、蛭子市兵衛の人柄は勿論、探索に関する能力を買っての事だった。

やがて市兵衛は立ち直り、南町奉行所臨時廻り同心として働き始めた。以来、市兵衛は独り身を通して来ていた。


炊きたての飯を食べるのは、久し振りだった。

市兵衛は温かい飯を食べ、湯気のたつ豆腐の味噌汁を啜った。

刻み葱《ねぎ》の香りが、食欲をそそった。

「美味い……」

市兵衛の頬が緩んだ。

「それは、ようございました。どうぞ……」

香織が微笑み、焼き上がった鰺《あじ》の干物をもって来た。

「これはこれは……」

市兵衛は遠慮なく箸を付けた。

温かい飯と味噌汁。鰺の干物に野菜の煮しめ。そして梅干と漬物。

市兵衛は、朝飯らしい朝飯を久し振りに食べた。

「蛭子さま、今朝は又、お早い事にございますね」

「ええ。今朝はもうひと仕事して参りましてね」

「それは、ご苦労なことにございます」

「蛭子の旦那、まさか朝帰りじゃあねえでしょうね」

与平に遠慮はない。

「お前さん、香織さまの前で馬鹿な事、お言いでないよ」

お福の一喝が飛んだ。

「さて、旦那さまは起きられたかな……」

与平は、そそくさと裏口から出て行った。

香織が苦笑した。

「申し訳ありません。蛭子さま……」

お福はふくよかな身体を折り曲げ、亭主与平の無礼を詫びた。

「いや、別に構わないよ。それより、お福さん、味噌汁、もう一杯、いただけるかな」

「はい。幾らでも……」

お福が盆を差し出した。

市兵衛は嬉しげに微笑み、空になった椀を盆に載せた。


久蔵は茶を啜った。

「朝飯前のひと仕事か……」

「はい。小松町の普請場をチョイと見て来ました」

「ほう。そいつはご苦労だったな。で、どうだったい」

「はい。金蔵になる処の床が抜けましたよ」

「床が抜けた……」

久蔵の眼が輝いた。

「ええ。普段は床板の下に閂が掛かっておりましてね。踏んだぐらいでは、沈みも軋みもしません」

「そいつが忍び口か……」

金蔵に人は滅多に入らない。入るとしても主か番頭であり、長い間いる処でもなく、隅々まで歩き廻る処でもない。細工が見破られる可能性は少ない。

「おそらく、茶問屋の駿河堂の金蔵にも同じ仕掛けがあるんじゃあないですかね」

「間違いねえだろうな」

久蔵は笑った。

「それで秋山さま、下働きの竹造にございますが……」

「その細工に気付いて殺されたか」

「はい……」

市兵衛は確信を持って頷いた。

「よし、駿河堂の床下は和馬に徹底的に洗わせる。お前は初五郎から眼を離すな」

「お縄には……」

市兵衛は、久蔵の慎重さに戸惑った。

「市兵衛、この一件、果たして初五郎一人の企みなのか、それとも……」

「大総の親方棟梁の総兵衛が、企みの張本人かもしれませんか……」

市兵衛は、久蔵の腹の中を読んだ。

「ああ。初五郎をお縄にするのは、そいつを見定めてからでも遅くはあるまい」

「心得ました」

市兵衛は頷いた。

縁の下は暗く、黴《かび》の匂いが澱んでいた。

和馬と幸吉は、茶問屋『駿河堂』の縁の下に潜り、金蔵の下の石組みに這い寄った。

「幸吉、もう手ぶらじゃあ戻れんぞ」

「分かっていますよ」

和馬と幸吉は、石組みを十手で叩き、手で押して動く処を捜した。

石組みで囲われた床板には、市兵衛が見つけた小松町の普請場と同じ細工がされている筈なのだ。

久蔵は、その細工を必ず暴けと命令した。

石組みにも何らかの細工がされている……。

和馬と幸吉は、懸命に石組みを探った。

幸吉の十手が、拳大の石を僅かに動かした。幸吉は、僅かに動いた拳大の石を押した。だが、拳大の石は僅かに奥に入っただけだった。

幸吉は微かな隙間に十手を差し込み、手前に引いた。拳大の石が、石組みから手前に外れて落ちた。

「和馬の旦那……」

「どうした」

「この石が外れました」

幸吉は拳大の石を見せ、石組みに開いた穴を示した。

「この穴からは入れねえな……」

「ええ。ですが、手は入りますよ」

幸吉は拳大の穴に腕を入れた。

「分かった」

和馬が素っ頓狂な声をあげ、幸吉が腕を入れた穴の隣りの大石を挟んだ処にある拳大の石を十手で手前に落とした。

幸吉が見つけたのと同じ穴が開いた。

「幸吉、退いてくれ」

「へい……」

幸吉は素早く退いた。

和馬は、左右の穴に両手を入れ、間にある大石を抱きかかえて引いた。

大石は手前に動いた。

「和馬の旦那……」

「ああ、手伝ってくれ……」

「合点だ」

和馬と幸吉は、抱えるほどの大石を懸命に手前に引いた。大石はずるずると動いた。

石組みの石は押すのではなく、引いて動く仕掛けになっていたのだ。

大石は外れ、人一人が入れる穴が開いた。

和馬と幸吉は、やっと石組みの仕掛けを突破した。

「和馬の旦那……」

「うん。入ってみるぜ」

和馬は、石組みに開いた穴に潜り込んだ。

石組みの中は、暗く冷たい空気が沈んでいた。

「幸吉、龕燈をくれ」

和馬の声が、石組みの中に響いた。

「へい」

幸吉は和馬に龕燈を渡した。

和馬は龕燈を受け取り、石組みの中を照らした。二坪ほどの空間には、鼠《ねずみ》や虫の死骸があるだけだった。

「旦那、あっしも入れますか」

幸吉が覗き込んだ。

「大丈夫だ」

「じゃあ……」

幸吉が潜り込んで来た。

「結構、広いんですね」

幸吉は妙な感心をした。

和馬は、龕燈の明かりを頭上に向けた。

頭上には床板が続き、その片隅に分厚い板が閂で掛けられていた。

「あそこだ……」

和馬と幸吉は龕燈を置き、閂から分厚い板を抜いた。そして、閂が掛かっていた床板を押し上げた。人が一人通れる幅の床板が上がった。床板の外れた向こうには、暗い部屋があった。

和馬は龕燈を手にし、暗い部屋に這い上がった。

龕燈の明かりは、書類の積まれている棚と船簞笥のような金箱を照らし出した。

「旦那……」

「ああ。金蔵だ」

和馬の声には、緊張と共に忍び口を突き止めた安堵感が含まれていた。

茶問屋『駿河堂』の金蔵から消えた八百両は、床下に造られた忍び口から侵入した盗人によって奪われたのだ。

大工『大総』……。

和馬と幸吉は、ようやく辿り着いた。


日本橋小松町の普請場には、金槌や鉋をかける音が響いていた。

斜向かいにある薬種屋の二階の窓辺には、監視する市兵衛と平七の顔が見えた。

「今、初五郎がいる辺りが金蔵だよ……」

市兵衛は、交差する梁《はり》と林立する柱越しに見える初五郎を示した。

「金蔵の床に忍び口ですか……」

平七は吐息を洩らした。

「ああ。茶問屋の駿河堂にも同じ細工をしておき、三年後に忍び込んだ」

「普請の時、大工に忍び口を作られちゃあ、お店はたまったもんじゃありませんよ」

平七は吐き棄てた。

「それで、秋山さまはこの一件、果たして初五郎たちだけの仕業かどうかを見定めろと仰ってね」

「大総ですか……」

「うん。親方の総兵衛が、関わりあるかどうかだ……」

「大総に張り付いている弥平次の親分によれば、親方の総兵衛は関わりないんじゃあないかと。あっしもそんな気がしますが……」

「弥平次と平七が、関わりないと思っているのか……」

「親分……」

薬種屋の二階に庄太があがってきた。

「分かったかい」

「へい。三人の大工ですが、一番背の高いのが梅次《うめじ》、太っているのが新助《しんすけ》、若いのが仙吉《せんきち》って名前でした」

庄太は、初五郎の下で働いている三人の大工の名前を割り出してきた。

「ご苦労だったな」

「いえ……」

金蔵の忍び口の細工は、初五郎が造ったとしても、一緒に仕事をしている三人の大工が知らない筈はない。その証拠に、下働きの竹造が気付き、口を封じられたのだ。

三人の大工は、初五郎の仲間と見て間違いはない。

市兵衛と平七は、庄太に命じて三人の大工の名前を調べさせた。

梅次、新助、仙吉、そして初五郎……。

盗人はこの四人だけなのか、それとも親方棟梁の総兵衛を含めた大工『大総』が盗賊一党なのか。

いずれにしろ、弥平次たちによる総兵衛の身辺探索の結果を待つしかない。

見張るしかない……。

市兵衛と平七は、腰を落ち着けて初五郎たちを監視した。

上野黒門町の大工『大総』の作業場は、大工たちの使う鋸や鉋の音で溢れていた。

托鉢坊主の雲海坊としゃぼん玉売りの由松は、鋳掛屋の寅吉を中心にして大工『大総』の親方棟梁総兵衛の監視と聞き込みを続けていた。

総兵衛は昼飯前、普請を任せた小頭棟梁の組の大工と材木を一緒に刻み、昼飯後は材木の選定や左官屋などの職人との打ち合わせに忙しく不審な処はなかった。

老黄楊櫛職人の家の二階から見える総兵衛は、弟子の大工たちを熱心に指導する老親方棟梁でしかなかった。

柳橋の弥平次は、総兵衛に自分と通じるものを感じた。

窓辺にいる弥平次の前に、しゃぼん玉が舞い上がった。

弥平次は窓の下を覗いた。

しゃぼん玉売りの由松がいた。由松は、弥平次に一方を示した。

笠を被った着流しの侍がやって来た。

秋山さま……。

弥平次は、由松に頷いて見せた。

由松は、しゃぼん玉を吹きながら久蔵に近付いて行った。

久蔵は、窓から『大総』の作業場で仕事をする総兵衛を見守った。

「成る程な……」

久蔵は小さく笑い、弥平次を振り返った。

弥平次は、久蔵の返事を待った。

「親分の云う通り、親方の総兵衛、盗人の頭《かしら》には見えねえな」

「はい」

弥平次は僅かに安心した。

「よし、直に当たってみよう」

久蔵は笑った。

弥平次は寅吉や雲海坊、そして由松に『大総』の出入り口を厳しく監視させた。

久蔵と弥平次は『大総』を訪れ、総兵衛に面会を求めた。

応対に出た総兵衛の老妻は、町奉行所の与力と岡っ引の来訪に僅かな狼狽《ろうばい》を見せた。

久蔵と弥平次は、座敷に通されて総兵衛の来るのを待った。

もし、総兵衛が盗人に関わりがあるなら、座敷に現れず逃げ出すかも知れない。

弥平次が、手先たちに出入り口を固めさせたのはその時の備えだった。

久蔵と弥平次は、総兵衛の現れるのを待った。

廊下が軋み、襖《ふすま》の外から総兵衛の声がした。

「失礼致します」

総兵衛が、入って来て襖の傍で頭を下げた。

「大総の主総兵衛にございます」

「俺は南町奉行所与力の秋山久蔵。こっちは岡っ引の柳橋の弥平次だ」

「はい……」

総兵衛は会釈をし、久蔵と弥平次を正面から見詰めた。その眼には、戸惑いや怯えの欠片《かけら》も窺われなかった。

「それで秋山さま、手前にご用とは……」

「それなんだが、俺の知り合いの大店の金蔵が破られてな」

「金蔵が……」

「ああ、床下に忍び口を造られてね」

「床下にですか……」

「ああ、床板に細工をしてな。なかなか見事な出来だぜ」

「となると、大工の心得のある盗人ですか」

総兵衛は白髪眉を顰めた。

「総兵衛もそう思うかい……」

「はい。きっと間違いないでしょう」

総兵衛は、淋《さび》しげな面持ちで言い切った。

久蔵と弥平次は、総兵衛の淋しげな面持ちに偽りを見なかった。

「秋山さま、手前に何をしろと……」

「忍び口を塞ぎ、二度と忍び込めないようにして貰いてえ」

「心得ました。それでお店は何処の……」

「両国米沢町の茶問屋駿河堂だよ」

「駿河堂……」

総兵衛は絶句し、その顔から血の気が引いた。

久蔵と弥平次は、茶問屋『駿河堂』と竹造惨殺の件を総兵衛に語って聞かせた。

総兵衛は項垂《うなだ》れた。その姿は、作業場で弟子の大工たちと材木を刻んでいた時とは違い、老いを露わにした老人に過ぎなかった。

己の息の掛かった者が悪事を働いた……。

弥平次は、総兵衛の辛く淋しい気持ちが痛い程、分かった。

大工『大総』の親方総兵衛は、一連の事件に関わりはない。

久蔵と弥平次は、そう見定めた。

「良く分かった総兵衛。お前はこれから、初五郎の扱った普請の全部を見直し、忍び口があるかないか確かめ、万一あったら綺麗に塞ぐんだぜ」

「秋山さま……」

総兵衛は親方としての責めを取り、死を覚悟していた。

「お前が親方としての責めを取るのは、そいつを済ませてからだ」

久蔵は総兵衛を死なせたくなかった。

「約束だぜ」

久蔵は笑い掛けた。

「秋山さま……」

総兵衛は、老いた眼に涙を浮かべた。

久蔵は標的を初五郎たちに絞り、手配りをした。

弥平次は鋳掛屋の寅吉を『大総』に残し、雲海坊や由松を従えて日本橋小松町の普請場に向かった。

寅吉を残したのは、『大総』に万一の事が起きた時の備えだった。

和馬と幸吉も、小松町の普請場に急いだ。

日本橋小松町の酒屋『和泉屋』の普請場は、市兵衛、和馬、弥平次、平七、幸吉、庄太、雲海坊、由松たちによって包囲され、初五郎たちは監視下に置かれた。

初五郎と組下の梅次、新助、仙吉は、久蔵たちの動きに気付かず、いつも通りに働いていた。

申の刻七つ半。

職人の仕事仕舞いの時が近付いていた。初五郎たちは、後片付けをして普請場を出た。

行く手に着流しの侍がいた。

久蔵だった。

「大総の小頭棟梁初五郎ってのは、お前かい」

「へい……」

何処の誰だ……。

初五郎は、久蔵に探る眼差しを向けた。

久蔵は小さく笑った。

「お武家さまは……」

「俺かい。俺は南町奉行所の秋山久蔵って者だよ」

剃刀久蔵……。

初五郎は、驚き怯んだ。

そして、梅次、新助、仙吉は、思わず逃げ道を探した。だが、周囲に市兵衛、和馬、弥平次、平七、幸吉、庄太、雲海坊、由松たちが現れた。

最早《もはや》、逃げるのには遅過ぎる……。

梅次と新助、そして仙吉は立ち竦み、激しく震え出した。

これまでだ。

初五郎は懐に忍ばせた鑿を握り、獣のような咆哮《ほうこう》をあげて久蔵に突進した。

次の瞬間、初五郎は大きく宙を舞い、地面に激しく叩き付けられた。

市兵衛たちが、静かに包囲の輪を縮めた。

茶問屋『駿河堂』の八百両は、下谷町一丁目の本正寺にある初五郎の家から見つかった。

『駿河堂』の金蔵破りと竹造惨殺事件は終わった。

総兵衛は、『駿河堂』に詫び、金蔵を修理し、他の普請も点検修理した。

久蔵は、大工『大総』を闕所《けっしょ》にし、総兵衛を隠居させた。

「総兵衛、隠居といっても、そいつはお上を畏れての表向き、お前はこれからも若い大工を育てるんだよ」

それが、久蔵が総兵衛に与えた仕置だった。

総兵衛は涙を浮かべ、久蔵の仕置を受けた。

風は秋風に変わり、久蔵は夏の終わりを感じた。

第三話

騙《かた》り者《もの》

一

葉月《はづき》──八月。

十五日は仲秋の名月であり、深川富岡八幡宮《とみがおかはちまんぐう》の祭礼が始まる。

隅田川の川面には、冷たい秋風が吹き始めていた。

下っ引の幸吉は、親分弥平次の使いで本所回向院《えこういん》に行き、その帰りであった。

本所を抜けた幸吉は、隅田川に架かる長さ九十六間の両国橋を渡り始めた。両国橋を渡ると広小路があり、神田川に架かる柳橋がある。その柳橋に、親分弥平次夫婦の営む船宿『笹舟』があった。

両国橋は行き交う人々で、いつものように賑わっていた。

幸吉が両国橋の中ほどに来た時、行く手から女の悲鳴があがった。そして、川に何かが落ちた音がした。

幸吉は欄干《らんかん》に駆け寄り、川を覗いた。

女が鮮やかな色柄の着物を広げ、沈み始めていた。

身投げ……。

幸吉は、素早く隅田川に身を躍らせた。

「身投げだ」

船宿『笹舟』の船頭勇次は、船着場から猪牙舟を出し、行き交う船の間を身投げの現場に急いだ。

「こっちだ、勇次」

幸吉の声が響いた。

ずぶ濡れの幸吉が、通り掛かった荷船に身投げ女を引き上げていた。

勇次は、猪牙舟を荷船に漕ぎ寄せた。幸吉と荷船に乗っていた人足が、身投げをした女を勇次の猪牙舟に移した。

「幸吉の兄貴」

勇次は幸吉と身投げをした女を乗せ、行き交う船の間を巧みに漕ぎ抜けて『笹舟』の船着場に急いだ。

身投げをした女は、三十歳前後の商家のお内儀だった。お内儀は意識を失い、ぐったりとしていた。

「おい、しっかりしろ」

幸吉はお内儀の腹を押し、懸命に水を吐かせようとした。だが、お内儀の吐く水は、僅かでしかなかった。

「急げ、勇次」

幸吉は焦った。


身投げしたお内儀は、駆け付けた医者の手当てにもかかわらず息を引き取った。

幸吉と『笹舟』の養女お糸は、落胆の吐息を洩《も》らした。

「幸吉、仏さんの持ち物を調べ、身許を突き止めてくれ」

「はい」

弥平次は息を引き取ったお内儀に手を合わせ、帰る医者を見送りに行った。

幸吉が、お糸の協力でお内儀の遺品を調べようとした時、女将のおまきがやって来た。

「幸吉……」

「はい」

「仏さまの知り合いかもしれないって人がきましたよ」

「仏の知り合い……」

「ええ……」

「幸吉、顔を見て貰おうか……」

弥平次が若い町娘を連れて来た。

若い町娘は、蒼ざめた顔に怯えを浮かべていた。

幸吉とお糸は、仏の傍から身を引いた。

若い町娘は、襲い掛かる不安を振り払うようにお内儀の顔を見た。

弥平次と幸吉、そしておまきとお糸が見守った。

「いやだぁ……」

若い町娘は顔を大きく歪ませて叫び、お内儀の遺体に取り縋って泣いた。

弥平次たちは、慰めの言葉もなく見守った。


身投げしたのは、神田鍛冶町《かじちよう》一丁目に店を構えている油問屋『井筒屋《いづつや》』のお内儀おしずだった。そして、若い町娘は、おしずの妹のおかよ。

弥平次は、神田鍛冶町の『井筒屋』に幸吉を走らせ、おかよに事情を尋ねた。

その日、おしずは実家である本所元町の小間物屋『御影堂《みかげどう》』を訪れ、両親や妹のおかよと逢って帰路についた。

おしずは、両親やおかよと大した話をするでもなく、妙にはしゃいでいた。

おかよは、いつも静かな姉の妙な明るさが気になり、不安を覚えて後を追った。

そして、両国橋に差し掛かった時、商家のお内儀の身投げを知った。

おしずは身投げを決意し、両親と妹に最後の別れに行ったのかもしれない。

覚悟の身投げ……。

弥平次はそう見た。

「おしずさん、身投げをしなきゃあならない訳でもあったのかい」

弥平次は静かに尋ねた。

「えっ……」

「身投げをした訳だよ」

「それは……」

おかよは云い澱んだ。

「おかよさん、おしずさんが身投げをするかも知れないと思ったから、後を追ったんだろう」

おかよは顔を強張らせた。

「おかよさん、私はお上の御用を承っている弥平次って者だ。決して悪いようにはしない」

弥平次は十手を見せた。

おかよは意を決した。

「親分さん、姉は脅されていたんです」

「脅されていた……」

弥平次は眉を顰めた。

「はい。秘密をばらされたくなければ、金を出せと……」

「秘密……」

「はい」

「なんだい、その秘密ってのは……」

「それは、分かりません」

「分からないって……」

「姉は教えてくれませんでした」

おかよは悔しげに唇を噛んだ。その顔に嘘は感じられなかった。

「秘密、旦那の彦右衛門《ひこえもん》さんも知らないんだね」

「はい。ですから姉は……」

おかよは、溢れる涙を拭った。

「じゃあ、おしずさんを脅しているって奴が誰かは……」

「秋山久蔵という御家人です」

おかよは、憎しみを浮かべて云い切った。

「秋山久蔵……」

弥平次は、突き上げる衝撃を必死に押し殺した。

「はい。秋山久蔵って御家人が姉に付き纏《まと》い、金を出せと脅していたんです。だから、姉は今までに三十両以上のお金を渡したそうです。でも、秋山はなおもお金を出せと……だから、姉は困り果てて身投げをしたんです」

「おかよさん、秋山久蔵ってのは、何かの間違いじゃあないのかな」

「いいえ。間違いなんかじゃありません。姉が秋山久蔵に脅されていると、確かに云っていました。間違いありません」

「そうかい……」

〝秋山久蔵〟という名前は、取り立てて珍しいものではなく他にもいるかも知れない。だが、〝御家人の秋山久蔵〟となると……。

弥平次は思いを巡らせた。

「お願いです、親分さん。秋山久蔵をお縄にして下さい。お願いします」

おかよは、弥平次に頭を下げた。

その時、幸吉が油問屋『井筒屋』の主の彦右衛門と奉公人たちを連れて戻って来た。

「親分さん、義兄は姉が脅されていたのを知りません。どうか宜しくお願いします」

おかよは怯えを浮かべた。

「あ、大丈夫だよ」

弥平次は頷いた。

幸吉が、彦右衛門を案内して来た。

「おしず……」

彦右衛門は茫然と呟き、おしずの遺体の傍に座り込んだ。

「お義兄《にい》さん……」

「おかよちゃん、おしず、どうして身投げなんかしたんだ」

「分かりません……」

おかよは俯《うつむ》いた。

彦右衛門は弥平次たちに礼を述べ、奉公人たちとおしずの遺体を引き取って帰った。

おかよは、おしずの遺体に付き添った。

弥平次は一行を見送り、幸吉を居間に呼んだ。

弥平次は、おかよに聞いた事を幸吉に教えた。

「親分、そりゃあ何かの間違いですよ」

幸吉は唖然とした。

「俺もそう思うが、おかよは秋山久蔵という御家人がおしずを身投げに追い詰めたと信じているよ」

「その御家人の秋山久蔵、本当に秋山さまなのですかね」

「分からないのはそこだ。今までに同じ名前の御家人がいると、秋山さまから聞いた事はないが……」

「ひょっとしたら、誰かが秋山さまの名を騙ったのかも……」

幸吉の顔に厳しさが浮かんだ。

「うん……」

幸吉の睨みにも一理ある。

「どうします……」

「まさか、内緒で秋山さまを調べる訳にはいかないさ」

「って事は、秋山さまに直に……」

「ああ。先ずは神田鍛冶町の油問屋井筒屋のお内儀おしずをご存知かどうかだな」

「はい」

「今、何時だい」

「そろそろ七つだと思います」

申の刻七つ時は、町奉行所の与力同心の帰宅時間とされている。

「それじゃあ、南のお奉行所に行くより、お屋敷に伺った方がいいな」

「はい」

「よし。俺は秋山さまに逢ってくる。幸吉はおしずの身辺と井筒屋を洗ってくれ」

おしずを脅す材料に使われた秘密とは何なのか……。

その秘密が何かにより、強請りを掛けた秋山久蔵の正体が分かるかもしれない。

「承知しました」

幸吉は勇次と神田鍛冶町の『井筒屋』に急ぎ、弥平次は八丁堀岡崎町の秋山屋敷に向かった。

秋山久蔵は、義妹の香織の介添えで着替えていた。

「旦那さま……」

庭先に下男の与平がやって来た。

「なんだい……」

「へい。柳橋の弥平次親分がお見えになりました」

「通って貰いな」

「へい」

与平が木戸から立ち去った。

「香織、酒を頼む」

「畏《かしこ》まりました」

久蔵は濡縁に出た。

「ご免なすって……」

木戸から弥平次がやって来た。

「おう、俺も今、帰って来たばかりだ」

「そいつは、お疲れのところを申し訳ございません」

「いいや。どうって事もねえよ」

「お出でなさいませ」

香織と与平の女房お福が、酒と肴を持って来た。

「こりゃあ香織さま、お邪魔しております」

「いえ。おまきさんやお糸ちゃん、お変わりなく……」

「はい。お蔭さまで達者にしております」

「お糸ちゃんに今度、亀戸《かめいど》の萩寺《はぎでら》に萩見物に行きましょうとお伝え下さい」

「はい。いつも可愛がっていただきまして、ありがとうございます」

「いいえ……」

「親分、お嬢さまがお造りになった鯊《はぜ》の甘露煮《かんろに》と茄子《なす》の香の物、美味しくできましたので、どうぞ召し上がれ」

お福は、ふくよかな身体をしている。そのお福の勧めとなると、本当に美味いのに違いない。

弥平次はそう思った。

「こいつは美味しそうだ。戴きます」

「はい。どうぞごゆっくり……」

香織とお福は、静かに引き取って行った。

久蔵と弥平次は酒を酌み交わした。

風が吹き抜け、庭の木の葉が揺れた。

「何かあったのかい」

久蔵は話を促した。

「はい。秋山さまは神田鍛冶町の油問屋井筒屋のお内儀でおしずという女をご存知でしょうか」

「井筒屋のおしず……」

「はい」

弥平次は猪口を置き、久蔵の返事を待った。

「いいや、知らねえよ」

久蔵は何の戸惑いも躊躇《ためら》いもなく、あっさりと答えた。

「そうですか……」

弥平次は久蔵に酒を注いだ。

「その井筒屋のおしずが、どうかしたのかい」

「今日、両国橋から身を投げましてね。幸吉が引き上げたのですが、気の毒に……」

「手遅れだったか……」

「はい」

「身投げ、どうしてやったんだい」

「おしずの妹の話によると、おしずは金を脅し取られていたとか……」

久蔵の眼が鋭く光った。

「脅した奴、何処のどいつか分かっているのかい」

「それが、秋山久蔵という御家人だそうです」

弥平次は静かに告げた。

久蔵は微かに笑った。

「ほう、秋山久蔵って御家人が、井筒屋のお内儀に強請りを掛け、身投げに追い込んだか」

「はい。おかよ、おしずの妹ですが、おかよはそう申しておりましてね……」

弥平次は、久蔵に事の顚末を詳しく語った。

御家人の秋山久蔵……。

「そいつは親分、俺と同姓同名の野郎か、それとも俺の名を騙っているかだな」

「はい。同姓同名の方に心当たりは……」

「ないよ」

「じゃあ……」

「ああ。俺に恨みのある野郎が、名を騙って悪さをしているのかも知れねえな」

「その辺りの心当たりは……」

「あるよ」

「ある……」

弥平次は身を乗り出した。

「親分、俺が悪党に恨まれているのは、お前さんが一番良く知っている筈だぜ」

久蔵は苦笑した。

町奉行の吟味方与力が、悪党に恨まれていない訳はない。特に久蔵は、悪党に情け容赦がなく〝剃刀久蔵〟と恐れられている男だ。恨みは売る程、買っている。

「そう云われれば、そうですね……」

弥平次は、思わず身を乗り出した自分を笑った。

「とにかく秋山さま、井筒屋おしずの一件、放っては置けません」

「ああ。親分、おしずの周囲に、強請りたかりの秋山久蔵を見知っている者がいないか、調べてみるんだな」

「成る程、分かりました」

「それにしても、俺の名を騙って悪事を働くとはな……」

久蔵は、苦笑いをするしかなかった。


神田鍛冶町一丁目の油問屋『井筒屋』では、お内儀おしずの弔いが始まった。

幸吉と手先の勇次は、彦右衛門やおかよたち家族と奉公人、訪れる弔問客たちの様子を見守った。

弔問客たちは、おしずが身投げした事を知りながらも口にはせず、手を合わせていた。

彦右衛門は弔問客に挨拶し、おかよは甥に当たる四歳の清吉《せいきち》を膝に抱いていた。

彦右衛門とおしずの子である清吉は、母の死も分からずに楽しげに笑っていた。

おかよの両親である五平《ごへい》とお定《さだ》も駆け付け、娘おしずの突然の死に泣くばかりだった。

先代からの老番頭と奉公人たちは、おしずの死に涙を流しながらも弔問客の応対をしていた。

弔問客の中に弥平次がいた。

彦右衛門とおかよが、弥平次に目礼した。

弥平次は目礼を返し、仏に手を合わせた。そして、次の間に用意されている清めの席の片隅に座った。

幸吉と勇次が現れた。

「どうだ……」

「仏さん、随分奉公人に慕われていたようですね」

おしずの性格が知れる。

「そうかい。で、弔問客に侍はいたか……」

勇次が膝を進めた。

「はい。いるにはいますが、店と取引きのあるお武家に関わりのある方たちばかりで、名前も身許もはっきりしています」

「妙な侍はいないか……」

「今のところは……」

「おかよさんが抱いていた男の子は……」

「おしずさんの子で、一人息子の清吉です」

「幾つだい」

「四歳です」

「四歳の一人息子か……」

四年前、おしずは二十四歳の時、彦右衛門に見初《みそ》められて嫁入りした。そして、一年後に清吉は生まれていた。

おしずは、可愛い盛りの一人息子を残して身投げした。

弥平次は、おしずの哀しさと無念さを思いやった。

弔いは続いた。

おしずを脅していた秋山久蔵が、握っている秘密を持って次は彦右衛門を強請りに来るかも知れない。

弥平次は、鋳掛屋の寅吉としゃぼん玉売りの由松に油問屋『井筒屋』を見張らせた。

おしずの初七日も終わり、『井筒屋』は店を開け、泊まり込んでいたおかよは本所元町の家に帰った。

弥平次と幸吉は、『井筒屋』とおしずの身辺を調べていた。

油問屋『井筒屋』は、小売商の他に大身旗本や大店を顧客に持ち、安定した商いを続けていた。

主の彦右衛門と老番頭茂兵衛《もへえ》は、慎重な商いをしており、他人に付け入られる隙は窺われなかった。

弥平次は両国橋を渡り、本所元町の小間物屋『御影堂』を訪れた。

おかよと五平お定夫婦は、弥平次におしずが世話になった礼を丁寧に述べた。

「いいえ。礼には及びません。それよりおかよさん、旦那の彦右衛門さん、おしずさんの身投げをなんと……」

「それなのですが親分さん、義兄や番頭の茂兵衛さんたちも、姉の身投げに心当たりはない様子なんです」

「やはりねえ……」

秘密は、飽くまでもおしず自身の身にあるのだ。

「こう云っちゃあ何ですが、おしずさん、彦右衛門の旦那に嫁入りする前、他の男と付き合っていたって事は……」

おしずは、その男との付き合いの中で秘密を持ち、それを秋山久蔵なる御家人の脅しに使われたのかも知れない。

おかよは両親と顔を見合わせた。

「……ございません」

母親のお定は、弥平次から眼を逸らして答えた。

弥平次は、お定に微かな怯えを見た。

おしずの秘密は、実家の小間物屋『御影堂』に潜んでいるのかもしれない……。

弥平次の直感が囁いた。だが、焦りは禁物だ。

「そうですか……」

弥平次は退いた。

「それより親分さん。姉を脅していた秋山久蔵、見つかったのですか」

おかよの声音《こわね》には、秋山久蔵への憎しみが籠められていた。

「いいや、まだだが……」

おかよは落胆を露わにした。

年老いた両親は、そんな娘のおかよを不安げに見詰めた。

五平とお定は、おかよの知らないおしずの秘密を知っている……。

弥平次は確信した。

二

小間物屋『御影堂』を出た弥平次は、元町の隣りにある国豊山《こくぶざん》回向院の境内に向かった。

回向院は、明暦《めいれき》の大火で犠牲になった無縁仏を供養する為に建立された寺である。

参拝客の行き交う境内の茶店には、幸吉が茶を飲みながら待っていた。

弥平次は、幸吉の隣りに腰掛けて茶を頼んだ。

「如何でした」

「うむ。おしずさんの秘密、御影堂絡みだろうな」

「やっぱり……」

「そっちも何か分かったかい」

幸吉は、おしずの娘時代を調べていた。

「はい……」

幸吉は茶を啜り、分かった事を報告した。

おしずは、妹のおかよと共に『御影堂』の評判の看板娘であり、言い寄る男も多かった。だが、おしずは賢く、身持ちも固かった。そして、油問屋『井筒屋』の若旦那彦右衛門に望まれ、嫁入りした。世間は玉《たま》の輿《こし》だと噂した。

「その辺の事は私も聞いたが……」

「はい。気になるのはおしずが嫁に行った後の御影堂なんです」

「どうしたんだ」

「今ひとつはっきりしないのですが、盗人に押し込まれたとか……」

「盗人に押し込まれた」

弥平次は眉を顰めた。

「ええ。夜中に御影堂から頬被りをした男が出て行くのを見た人がいたんですが、おしずさんのお父っつぁんの五平さんは、お上に届けなかったそうです」

「噂だけが残ったか……」

「はい。どう思います」

「押し込みが本当だったら妙だな」

「詳しく調べてみますか」

「うん。そうしてくれ……」

おしずの抱えていた秘密は、その辺にあるのに違いない。だが、不思議なのは、妹のおかよが何故それを知らないのかだ。

弥平次の疑問が募った。


久蔵は、他人の名を騙り、金を脅し取る卑劣な真似をする者の割り出しを急いだ。

名前を騙っている者は、秋山久蔵が南町奉行所の与力だと知っているのは確かだ。だが、周囲にいる者たちの中に、該当者を思い浮かべる事は出来なかった。

「秋山どの……」

吟味方与力の加納蔵人《かのうくらんど》が、数寄屋橋《すきやばし》を渡る久蔵を呼び止めた。

吟味方与力は十人おり、久蔵と加納蔵人は同僚といえる。

「なんだい……」

久蔵は立ち止まり、加納の来るのを待った。

「鍛治町の油問屋井筒屋のお内儀が、隅田川に身投げしたそうだな」

加納の眼には、微かな憐れみが滲んでいた。

「良く知っているな……」

久蔵は、怪訝に加納を見た。

「蛇の道は蛇だ。噂はそれなりに広がっているさ」

同心や岡っ引の中には、加納と親しい者もいる。噂は、その辺りから加納に伝わったのだろう。

「そうか……」

「お主、大丈夫か……」

加納は眉を顰めて心配した。

「何が……」

「お主と井筒屋のお内儀との関わりだ。いろいろと噂になっている」

「ほう、そいつは初耳だぜ……」

「そうか。ま、充分に気をつけるんだな。では、拙者は寄る所があるので、ご免

「……」

加納は数寄屋橋を渡り、組屋敷のある八丁堀とは逆の方に足早に去って行った。

加納は、おしずの身投げを知った。そして、秋山久蔵が関わっているとの噂を聞き、心配して声を掛けて来たのだ。

久蔵はそう読んだ。いや、読んだというより、読むしかなかった。

加納蔵人……。

旗本の次男坊の部屋住みだったが、五年前に南町奉行所与力の加納家に婿養子に入った男だった。蔵人は、地味だが慎重な吟味をすると評判の与力だった。

久蔵とは役目上での関わり以外、それほど深い付き合いはない。

冷やかしか……。

加納は噂を聞き、久蔵を陰で嘲笑っているのかも知れない。

だとしたら、己の人徳のなさを恥じるしかない。

久蔵は苦笑した。

油問屋『井筒屋』に変わった事はなかった。

「景気、どうですかい」

鋳掛屋の寅吉が、鍋の底から顔を上げた。

しゃぼん玉売りの由松が、退屈そうな顔でしゃぼん玉を吹いていた。

しゃぼん玉は七色に輝きながら空を舞った。

「まあまあだ……」

寅吉は、鍋の底を日に翳《かざ》した。光が、鍋底の針で突いたような穴から糸のように射し込んだ。

寅吉は眩しげに眼を細めた。

「で、そっちは……」

「ご覧の通りですよ」

由松は、しゃぼん玉を吹いて見せた。

「さっき来た侍は……」

由松は、一刻ほど前『井筒屋』を訪れた侍を追っていた。

「駿河台の旗本山崎《やまざき》さま家中の島田《しまだ》って方でしたよ」

「秋山さまの名を騙る野郎じゃあないか」

「ええ。ありゃあ違いますよ」

寅吉と由松は、退屈しながら『井筒屋』の見張りを続けた。

秋の気配は、秋山家の庭にも漂い始めていた。

「実家の御影堂か……」

「はい。ですが、押し込みが本当なら、おしずが井筒屋に嫁いだ後、おまけに妹のおかよは何も云っておりません。その辺がどうも分からないところでしてね」

「親分、その辺りの事は幸吉が突き止めてくるだろうよ」

「ええ……」

久蔵と弥平次は、配下の能力を信頼している。

「親分、加納蔵人を知っているかい」

「加納蔵人さまとは、秋山さまと同じ吟味方与力の……」

「ああ、その加納蔵人だ」

「加納さまは、余り現場に立ち入らないお方でして、あっしたちとは余り……」

「良く分からねえか……」

「はい。加納さまが何か……」

「おしずの一件、知っていやがった」

「知っていた……」

弥平次の顔に戸惑いが浮かんだ。

「ああ。身投げは無論、おしずと俺が何らかの関わりがあるともな」

久蔵は苦笑した。

「そいつは妙ですね」

「妙かい」

「はい。今のところ、おしずが秋山さまの名を騙る侍に金を強請られていたと知っているのは、秋山さまとあっしたちだけですので……」

幸吉や手先の寅吉たちが、知った他人の秘密を洩らす筈はない。

弥平次は、手先たちに探索費用を充分に与え、正業を持たせている。それは、金に困って他人の秘密を売るような馬鹿な真似をさせない為であった。

「おしずさんの身投げは知っても、秋山さまとの関わりまでは……」

弥平次は首を捻った。

「知る筈はないか……」

「そう思います」

「って事は……」

久蔵の眼が微かに光った。

「張り付いてみる値打ち、あるかもしれませんね」

弥平次が膝を進めた。

「ああ……」

久蔵は頷いた。

本所元町の自身番は、家主と店番、そして番人が一人ずつの三人番だった。

自身番は本来、家主と店番が二人ずつの四人と番人一人の五人番だった。だが、三畳の畳の間と板の間では、どうしても窮屈なので三人番に略している所もあった。

幸吉は、昼間詰めている番人の為吉《ためきち》が、夜の番人と交代するのを待っていた。

暮六つが過ぎ、仕事を終えた為吉が自身番から出て来た。

「やあ、為吉さん」

「こりゃあ幸吉っつぁん、まだ仕事かね」

「いや、あっしもそろそろ店仕舞。それでちょいと一杯やろうと思いましてね。何処か良い店ありませんかい」

「それなら、一つ目橋の傍にあるお多福《たふく》がいいですよ」

「お多福ですか、どうです為吉さんも一緒に」

「いや、あっしは……」

「まあ、そう遠慮しねえで、いつもお世話になっている為吉さんだ。偶にはご馳走させて下さいよ」

為吉は躊躇った挙句、幸吉の誘いに乗った。


居酒屋『お多福』は、仕事帰りの職人や人足たちで賑わっていた。

幸吉と為吉は、片隅で酒を酌み交わした。

小半刻が過ぎた。

幸吉は、雑談からそれとなく本題に入った。

「為吉さん、小間物屋の御影堂さんだが、妙な噂があるんだね」

「妙な噂……」

「ええ。昔、盗人の押し込みがあったとか、なかったとか……」

「ああ、あれか……」

「本当なんですかい」

幸吉は、為吉の猪口に酒を満たした。

「さあねえ……」

「良く分からないんですか」

「うん。ありゃあ確か四年前だったかな。御影堂の裏手の家の隠居が、夜中に厠《かわや》に行き、御影堂から盗人被りの男が出て行くのを見てね。それで慌てて駆け付けたんだが、肝心の五平さんとお定さんが、押し込まれちゃあいないと云ってね。それで一件落着だよ」

「その時、御影堂には五平さんとお定さん夫婦、それに娘のおかよさんがいたんですよね」

「いや。確かおかよちゃんはいなくて、おしずさんがいたよ」

「おしずさん……」

幸吉は不意を突かれた。

「うん」

「でもその時、おしずさんはもう井筒屋に嫁に……」

「里帰りだよ」

「里帰り……」

「うん。里帰りで実家に帰っていたのさ」

「そうか……」

おしずの秘密に僅かに近付いた……。

幸吉はそう思った。だが、分からないのは、おかよがいなかった事だ。

「おかよさん、いなかったそうですが、どうしたんですか」

「確かご贔屓《ひいき》のお店の法事の手伝いに、泊まりがけで行っていたのかな……」

為吉は首を捻り、猪口を空けた。

幸吉は、すかさず為吉の猪口に酒を満たした。

「そうですか、泊まりがけで法事の手伝いですか……」

「いや、そうだったかどうか、はっきりしないよ。何しろ四年も前の事だから……」

為吉は言葉を濁した。

いずれにしろ、『御影堂』に押し込みがあったとされる夜、おかよは留守でおしずが里帰りをしていたのだ。

幸吉の酔いは、新たな事実にいつの間にか消えていた。

辰《たつ》の刻五つ半。

八丁堀北島町《きたじまちょう》の組屋敷街では、托鉢坊主の雲海坊が下手な経を読んでいた。その視線の先には、南町奉行所に出仕する加納蔵人の姿があった。

雲海坊は弥平次の命を受け、今朝から加納蔵人に張り付いていた。

加納は地蔵橋を渡り、秋山屋敷のある岡崎町を抜けて本八丁堀二丁目に出た。そして、八丁堀沿いに西に進み、楓川に架かる弾正橋を渡り、八丁堀を京橋で越えた。そして、数寄屋橋から南町奉行所に出仕した。

雲海坊は、数寄屋橋を渡って行く加納を数寄屋河岸で見送った。

「おう、雲海坊じゃあねえか……」

南町奉行所定町廻り同心の神崎和馬が、怪訝な声を掛けて来た。

「こりゃあ和馬の旦那……」

「なにしているんだ」

「いえ、別に……」

弥平次に口止めされている雲海坊は、言葉を濁した。

「おっ、惚《とぼ》けるのか……」

和馬は凄《すご》んで見せた。

「惚けるなんて……」

　雲海坊は慌てた。

「じゃあどうなんだ」

「和馬の旦那、勘弁して下さいよ」

「いや、ならねえ」

「でしたら、秋山さまに聞いて下さいよ」

　雲海坊は開き直った。

「秋山さま……」

　和馬の顔に緊張が浮かんだ。

「ええ……」

「雲海坊、秋山さまが絡んでいるのか」

　和馬は声を潜めた。

「そりゃあもう、どっぷりと……」

「そうか、だったらいい」

　和馬は慌てて前言を翻した。

　久蔵が絡んでいる事に下手な口出しをするのは、火傷《やけど》のもとだ。

「そうはいきませんよ、和馬の旦那」

雲海坊は逆襲に出た。

「何だ……」

「吟味方与力の加納蔵人さま、お奉行所ではどんな風か気にしちゃあ戴けませんか」

「加納さまを……」

「ええ……」

「雲海坊……」

和馬は、雲海坊を物陰に連れ込んだ。

「加納さまを調べているのか」

「まあね……」

「そいつも、秋山さまのご命令か……」

「さあ、そいつは云えませんよ」

雲海坊は笑った。

久蔵の命令に違いない。だったら、点数の稼ぎ時かも知れない……。

和馬は密かに計算した。

「よし、加納さまの奉行所での動き、俺が見張ってやる」

和馬は引き受け、そそくさと数寄屋橋を渡って行った。

雲海坊は、南町奉行所での加納を和馬に任せ、その身辺を調べに八丁堀に戻った。

柳橋の船宿『笹舟』の台所では、おまきやお糸が女中たちと一緒に遅い朝食をとっていた。

「お早うございます」

裏口から幸吉が入って来た。

お糸と女中たちが、口々に朝の挨拶を返した。

「幸吉、朝御飯、まだなんだろう」

女将のおまきが、声を掛けた。

「えっ、ええ……」

「じゃあ、お父っつぁんの処に行く前に食べるといいわよ」

お糸が飯をよそい、おまきが味噌汁を用意した。

「こいつはすみません。戴きます」

幸吉は熱い味噌汁を啜った。

「美味い……」

「昨夜、飲み過ぎたのかい……」

「ええ。本所元町の自身番の為吉さん、もう底なしでして……」

幸吉は顔をしかめた。あれから幸吉は、為吉に付き合って町木戸が閉まる亥の刻四つまで酒を飲んだ。

「お金、大丈夫なのかい」

おまきが心配した。

「それはもう、親分に充分戴いておりますので……」

幸吉は飯をかきこみ、味噌汁をお代わりした。


押し込みの真相が、ようやく見えてきた。

弥平次は幸吉の話を聞き、思いを巡らせた。

四年前、『御影堂』の押し込みはあったのだ。そして、その時におしずの秘密が出来た。五平とお定は、おしずの秘密を守る為、押し込みはなかったと主張したのだ。

「ですが親分、秘密を知っているのは、おしず自身と親の五平とお定夫婦。そいつを何故、秋山さまの名を騙る野郎、知ったんでしょうね」

　幸吉は腑に落ちなかった。

「幸吉、肝心な事を忘れているぜ」

　弥平次は笑った。

「肝心な事ですか……」

「ああ。おしずの秘密を知っているのは、もう一人いるよ」

　幸吉は気が付いた。

「押し込んだ盗人ですか……」

「その通りだ。盗人の野郎が、おしずの秘密を秋山さまの名を騙った侍に教えた。違うかな」

「ええ、そうに違いありません」

「五平さんとお定さんは、おしずさんの秘密は洩らさないだろう。残るは押し込んだ盗人を捜すしかないが……」

「雲を摑むような話ですね」

「いや。そうでもないかも知れないぞ」

　弥平次は小さく笑った。

「そいつは又、どうしてですか」

「南町に加納蔵人さまって吟味方与力がいるのを知っているだろう」

「はい。名前だけですが。加納さまがどうかしたのですか……」

「秋山さまに声を掛けてきたそうだ。おしずさんとの関わり、いろいろ噂になっているとね……」

「そいつは妙です」

「ああ、秋山さまの名を騙る奴が絡んでいる事は、俺達とおかよさんと両親しか知らない筈だからな」

「ええ……」

「幸吉、加納さまと関わりのある盗人、洗いだしてみよう」

「はい……」

弥平次と幸吉は、南町奉行所に向かった。

三

加納蔵人の几帳面な仕事振りは、南町奉行所でも名高かった。

和馬は、それとなく加納の動きを監視した。

加納の仕事振りは、面白味も意外さもなかった。和馬はすぐに監視に飽きた。

弥平次と幸吉は、南町奉行所を訪れて久蔵の許に進んだ。

久蔵は、二人を用部屋に通した。

「出涸《でが》らしだよ……」

久蔵は自ら茶を淹れ、弥平次と幸吉に差し出した。

「こいつは畏れいります」

「で、どうしたい」

「はい。幸吉……」

弥平次は幸吉を促した。

幸吉は、『御影堂』押し込みの一件を説明した。

「……どう思われます」

弥平次は久蔵の反応を窺った。

「親分と幸吉の睨みに間違いねえだろう」

「秋山さまもそう思われますか」

みせた。

「ああ。加納が関わった盗人、すぐ調べてみよう」

久蔵は、和馬を呼んだ。

緊張した面持ちでやって来た和馬は、久蔵に頭を下げて弥平次と幸吉に頷いてみせた。

「和馬、吟味方与力の加納蔵人が、今までに吟味した盗人を急いで調べてくれ」

「加納さまが吟味した盗人ですか……」

「ああ。それも一人働きの盗人だ」

「心得ました」

和馬は足早に用部屋を後にした。

加納蔵人が、加納家の婿養子に入って吟味方与力になったのは五年前だ。五年の間に扱った一人働きの盗人は、それ程多くはない筈だ。

和馬の仕事に手間暇は掛からないだろう。

「秋山さま、加納さまは婿養子だと聞きましたが、ご実家はどのような……」

「俺も詳しくは知らねえが、親父は桑田《くわた》弦之丞《げんのじょう》という二百石取りの小普請組でな。蔵人はその次男坊で、屋敷は南割下水《みなみわりげすい》だったと思うぜ」

加納蔵人は、絵に描いたような部屋住みだった。そんな蔵人が、南町奉行所与力の加納家の婿になったのは幸運な事であった。

「もし、睨み通りだったら、馬鹿な真似をしたもんだぜ」

久蔵は苛立ちを滲ませた。

「では秋山さま、あっしたちは井筒屋に変わった事はないか見てきます」

弥平次と幸吉は腰を浮かした。

「ああ、こっちは任せてくれ」

「じゃあ、ご免なすって……」

弥平次と幸吉は、久蔵に一礼して用部屋を後にした。


八丁堀北島町にある加納の組屋敷は、静けさに包まれていた。

加納家は先代の隠居、蔵人の妻と二人の幼い子供がいる。

雲海坊は、出入りの商人から加納家の情報を得ようとした。だが、加納家に出入りの商人は少なく、訪れる者も余りいなかった。かといって隣近所に聞き込むのは、容易な事ではない。隣近所の住人たちは、南北両奉行所の与力・同心なのだ。下手な聞き込みは、親分の弥平次は勿論、久蔵にも迷惑を掛ける。

雲海坊は探索に苦心した。

「あれ、雲海坊じゃあねえか……」

釣竿を担いだ老爺《ろうや》が、饅頭笠《まんじゅうがさ》の下を覗き込んできた。

秋山家の下男の与平だった。

「こりゃあ、与平の父っつぁん」

雲海坊は饅頭笠をあげ、顔を見せた。

「やっぱり雲海坊だ……」

与平は嬉しげに笑った。前歯の欠けた顔に皺《しわ》が増えた。

「お役目かい……」

与平は辺りを見廻し、声を潜めた。

「ああ……」

その時、雲海坊は最適な聞き込み相手が眼の前にいるのに気付いた。

「父っつぁん、釣りかい」

「ああ。霊岸橋《れいがんばし》の下でな……」

「よし、付き合うぜ」

雲海坊は与平と霊岸橋に向かった。

鷗《かもめ》が鳴き、飛び交っていた。

潮の香りが漂う霊岸橋は、日本橋川と交わる亀島川に架かっている。

与平は、橋の下に降りて釣り糸を垂れた。

雲海坊は隣りに座り、のんびりと聞き込みを始めた。

「加納さまかい……」

「うん。噂、何か聞いた事あるかい」

「ああ。いろいろとな……」

与平は秘密めかして声を潜めた。

「聞かせてくれるかい」

「うちの旦那さまの役に立つんだろうな」

「勿論だよ」

「加納さまの御隠居は、何かと細かくて口煩い方でね。婿に入った今の旦那も大変だ」

「そんなに酷いのかい」

「ああ。もっとも今の旦那、旗本の部屋住みだったというからね。部屋住みよりは良いだろうさ」

与平は加納を哀れんだ。

「奥さまはどうなんだい」

「そいつが又、お父っつぁんに負けず劣らず金に煩いそうでね。商人たちも余り出入りをしたがらないって話だよ。おっときた」

与平は釣竿を上げた。

小さな魚が日差しに煌めいた。

加納蔵人は金に困っている……。

雲海坊は、与平に聞き込みを続けた。

油問屋『井筒屋』は繁盛していた。

主の彦右衛門と番頭の茂兵衛たち奉公人は、忙しく働いていた。

「そうか、妙な侍、現れないか……」

「へい……」

鋳掛屋の寅吉は、釜の底の修理の手を止めて弥平次に答えた。

久蔵の偽者は、『井筒屋』ではなく飽くまでもおしず個人を強請ったのだ。

弥平次は、久蔵の偽者が抱くおしずへの執念を感じた。

加納蔵人とおしずには、何らかの関わりがあるのだろうか……。

弥平次に新たな疑問が湧いた。

幸吉と由松がやって来た。

「親分、おかよさんが来ていますよ」

「おかよさんが……」

「へい。最近、子供の清吉の面倒を見に時々来ています」

由松は、退屈な見張りに身を持て余しているのか、浮かない顔をしていた。

「よし。由松、お前には違う事を調べて貰うよ」

「へい」

由松は顔をほころばせ、威勢良く返事をした。

弥平次は苦笑した。


和馬は、加納蔵人が吟味した一人働きの盗人の事件を洗った。

事件は二十余件あった。その中で置引きや万引きは十件、押し込みは十余件だった。

「四年前に扱った押し込みは……」

「三件です」

和馬は、その三件を久蔵に報告した。

「盗人の歳、幾つだい」

久蔵は、和馬に尋ねた。

「はい。一件は三十五歳、一件は二十歳、残る一件は六十歳の年寄りです」

「三十五歳の盗人、どんな野郎だ」

「はい……」

和馬は覚書を捲った。

「甲州無宿の捨吉《すてきち》と申す者でして、匕首《あいくち》を突き付けて金を奪う。こりゃあ盗人というより強盗ですね」

「ああ。で、押し込み先で女はどうしている」

「若い女となりゃあ手込めに……」

和馬は言葉を濁した。

「どうやらその外道《げどう》だな……」

久蔵は吐き捨てた。

「捨吉、今は伝馬町《でんまちよう》かい」

「はい。伝馬町の牢屋敷に……」

「よし。逢いにいくぜ」

久蔵は立ち上がった。


牢屋敷は小伝馬町にあり、石出帯刀《いしでたてわき》が牢屋奉行を務めていた。

牢屋奉行は町奉行所の支配下にあり、牢屋奉行石出帯刀は世襲であった。

牢には、無宿人を入れる〝無宿牢〟、一般庶民を入れる〝大牢〟、女を入れる〝女牢〟などがあった。

久蔵と和馬は、無宿牢にいる甲州無宿の捨吉を改番所《あらためばんしょ》に引き出した。

甲州無宿の捨吉は、蒼白《あおじろ》い顔に無精ひげを伸ばし、痩せた身体を薄汚れたお仕着せに包んで来た。

「無宿人の捨吉だな」

「へい……」

捨吉は、険しい眼で和馬を見上げた。

「こちらは南町奉行所与力秋山久蔵さまだ」

捨吉の険しい眼に、微かな怯えが滲んだ。

どうやら〝剃刀久蔵〟の名と噂を聞いた事があるのだ。

「捨吉、此処が気に入らなければ、隣りの拷問蔵に行っても良いんだぜ」

久蔵は笑い掛けた。

牢屋敷には拷問蔵がある。そこでは、死刑以上の刑に該当する容疑者の拷問がされる。拷問には、鞭打《むちう》ち、石抱《いしだき》、海老責《えびぜめ》、釣責《つりぜめ》などがある。だが、それは、公儀で定められた拷問であり、他にもいろいろとあった。

「それには及びませんぜ」

捨吉は、不貞腐《ふてくさ》れたように笑い返した。

「そうかい。じゃあ訊くが、お前、四年前、本所元町の御影堂って小間物屋に押し込んだな」

久蔵はいきなり切り込んだ。

捨吉は眼を逸らし、押し黙った。

「捨吉、お前の仕置は永牢《えいろう》だが、こっちの腹一つで獄門に変える事も出来るんだぜ」

永牢とは牢舎の名ではなく、死ぬまで牢に入れられる刑罰の名である。特別な恩赦《おんしゃ》でもない限り牢を出られず、死ぬのを待つばかりの刑だ。牢内の不衛生で苛酷な状況では、十年も二十年も生きられる筈はなかった。

「その方が、一思いにけりがついて楽が出来るだろう」

久蔵は笑った。

「剃刀のせめてものお情けですかい」

捨吉は覚悟を決めた。

「ああ。御影堂に押し込んだな」

捨吉は頷いた。

「押し込んで僅かな金を奪い、女を手込めにした。そうだな」

久蔵は決め付けた。

「へい……」

四年前、『御影堂』は捨吉に押し込まれ、金を奪われた挙句、里帰りをしていたおしずは手込めにされたのだ。

五平とお定夫婦は恐れた。

新妻のおしずが、盗人に手込めにされた事が『井筒屋』の彦右衛門や世間に知れるのを恐れたのだ。五平とお定は、押し込まれた事実を隠した。

捨吉には意外な成り行きだったが、都合の良い事だった。

「そいつを、お前を調べた吟味方与力に喋《しゃべ》ったな」

捨吉は、怪訝な眼差しで久蔵を見た。

「だとしたら、どうだっていうんです」

「吟味方与力に喋ったんだな……」

久蔵は捨吉の疑問を無視した。

「……へい。他の盗人のした事として」

「面白おかしくか……」

久蔵の眼に殺気が閃いた。

他人を泣かし、笑いにする……。

久蔵は、込み上げる怒りを押さえた。

捨吉は、久蔵の殺気を感じた。

「他に何を話した……」

捨吉は微かに身震いし、押し黙った。

「……捨吉……」

「……その時、手込めにした女が産んだ子は、俺の子だと……」

久蔵の心形刀流が閃いた。

捨吉は絶句し、眼を瞑《つむ》った。

身体を真っ二つに斬られ、冷たい風が鋭く吹き抜けた。不思議な事に、斬られた痛みは感じない。

捨吉がそう思った時、意識を失い崩れ落ちた。

「和馬……」

久蔵は、捨吉の目の前一寸の空を斬った刀を納めた。

「はい」

和馬は牢屋同心と下男《しもおとこ》を呼び、気を失った捨吉を大牢に運んだ。

おしずは捨吉に手込めにされ、子を生んだ。

油問屋『井筒屋』の一人息子の清吉が、その時の子供なのだ。

おそらく捨吉は、確信もなくいい加減な事を云ったのだ。だが、おしずにとっては、恐るべき秘密だった。

加納蔵人は、おしずの秘密を知った。そして、久蔵の名を騙って金を強請り取り、身投げに追い込んだのだ。

薄汚い外道が……。

久蔵は吐き捨てた。

本所竪川《たてかわ》二つ目橋の北、公儀の材木蔵である御竹蔵《おたけぐら》がある。その傍にある南割下水の左右には、小旗本や御家人の屋敷が甍《いらか》を連ねていた。

しゃぼん玉売りの由松は、加納蔵人の実家である桑田家を捜した。

桑田家はすぐに分かった。

由松は、辺りの屋敷の奉公人や出入りの商人に聞き込みを掛けた。だが、桑田家の部屋住みだった蔵人を覚えている者は少なかった。

余程、おとなしかったのか、影が薄かったのか……。

由松は訊き歩いた。そして、屋敷の門前に散った落ち葉を掃除していた老爺に、聞き込みを掛けた。

老爺は長閑《のどか》な顔を引き締め、由松に鋭い眼差しを向けた。

しまった……。

下男と思った老爺は、屋敷の隠居に違いなかった。

「お前、岡っ引の手先かい……」

隠居は、由松の素性を見抜いた。

「ご免なすって」

由松は、慌てて隠居から離れようとした。

「待て」

隠居の手が、無造作に由松の帯を摑んだ。

年寄りとは思えない素早さだった。

由松は凍《い》て付いた。

「親分、何処の誰だい」

隠居は既に鋭さを消し、好々爺《こうこうや》の顔に戻っていた。

「はい。柳橋の弥平次です」

由松は思わず答えた。

「ほう、弥平次親分の手先か……」

隠居は笑みを浮かべた。

「えっ。弥平次をご存知で……」

「名前だけはな。お前は何て名だい」

「由松と申します」

「そうか。由松、俺は大迫清兵衛《おおさこせいべえ》といってな。秋山久蔵の古い剣術仲間だ」

「秋山さまの……」

由松は、意外な成り行きに驚いた。

大迫清兵衛は、久蔵と同じ心形刀流の使い手で隠居するまでは、関八州取締《かんはっしゅうとりしまり》出役《しゅつやく》を務めていた。

「ああ。弥平次の親分は、久蔵の右腕だと聞いている」

「へい。その通りです」

「そうか。ま、門前での立ち話もなんだ。ちょいと手伝ってくれ」

大迫清兵衛は、由松に箕《み》を持たせて落ち葉を掃き集めた。


大迫屋敷の庭に煙が上がった。

落ち葉は燻《くすぶ》るように燃えた。

清兵衛は焚火《たきび》に唐芋《からいも》を入れ、老妻に命じて由松に茶を持ってこさせた。

「畏れ入ります」

由松は恐縮した。

「桑田の部屋住みは、南町奉行所の与力の婿になり、久蔵の同僚になった筈だが……」

「へい。仰る通りなのですが、大迫さま、その部屋住み、今は加納蔵人さまというのですが、どうも秋山さまの名を騙って悪事を働いているようなんです」

「何だと……」

清兵衛は驚いた。

「それで、若い頃の女との関わりを調べているのです」

「女との関わりか……」

「はい」

「うむ。そいつは参ったな……」

流石の清兵衛も、桑田家の部屋住みの女関係までは知らなかった。

清兵衛は眉を顰め、焚火の中から焼けた唐芋を取り出し、由松に渡した。

「こいつは美味そうだ。ありがとうございます」

清兵衛は、屋敷内にいる幼い孫を呼んだ。

六歳ほどの女の子が、弟の手を引いてやって来た。

清兵衛は眼を細め、焼けた唐芋を二つに割って息を吹き掛けて冷まし、二人に渡した。

「父上。只今、戻りました」

屋敷の濡縁に清兵衛の倅《せがれ》、誠之助《せいのすけ》が現れた。誠之助は八人いる小普請組支配組頭の一人だった。

小普請とは、三千石未満の旗本御家人で無役の者たちを称した。小普請とは小さな普請をいい、無役の者たちに小普請工事をやらせた。因《ちな》みに三千石以上の無役の旗本たちは、寄り合いと呼ばれていた。

由松は唐芋を食べるのを止め、深々と頭を下げた。

「そうだ誠之助。その方、確か桑田の部屋住みと学問所で一緒だったな」

「はい。蔵人が何か……」

「此処にいた頃、女がいたかい」

「女……」

「ああ。どうだ、いたかい」

「いませんが、片思いというか、惚れていた女はいましたよ」

誠之助は苦笑した。

「何処の誰に惚れたんだい」

「元町の小間物屋の御影堂の看板娘ですよ」

誠之助が事も無げに云った。

読みの通りだ……。

由松は、余りの呆気《あつけ》なさに戸惑った。

「畏れ入りますが、その看板娘は姉の方でございますか」

由松は尋ねた。

「父上……」

誠之助は由松を一瞥し、清兵衛を見た。

「誠之助、これなる由松は、秋山久蔵の下で働いている者だ」

「秋山さまの……そうでしたか」

「ご挨拶が遅れて申し訳ございません。由松と申します」

「うん。由松、蔵人が惚れていたのは、その方の云った姉の方だ」

「相手はその事を……」

「知らない筈だ。蔵人の奴、学問所の帰りにうっとりと見惚《みと》れているだけだったからな」

「だらしのねえ野郎だな……」

清兵衛は笑った。

加納蔵人はおしずに惚れていた。

由松は、清兵衛と誠之助に礼を述べ、幼い子供たちにしゃぼん玉をやった。

幼い子供たちは喜び、競ってしゃぼん玉を吹いた。

「こりゃあ良い。由松、商売物をすまないな」

「とんでもございません。では、手前はこれで……」

「うむ。久蔵に宜しくな」

「はい。承りました。必ずお伝えします」

由松は大迫家の庭を出た。

子供たちの歓声としゃぼん玉が、秋空に舞い上がっていた。


秋山屋敷の庭には、夜風が吹き抜けていた。

弥平次の報告は終わった。

聞き終えた久蔵に、夜風は一段と冷たく感じられた。

「加納蔵人か……」

久蔵の声には、無念さが含まれていた。

「どう致します」

「どうもこうもねえ。加納はおしずから金を脅し取り、身投げに追い込んだ。それなりの始末はつけるぜ」

久蔵は言い放った。

「ですが、おしずを脅したのは秋山久蔵さまで、加納さまだという確かな証拠は……」

「弥平次、もう充分だ」

久蔵は弥平次を遮った。

「秋山さま……」

「それにしても分からねえのは、どうして俺の名を騙ったかだ」

「はい……」

弥平次は頷いた。

久蔵は、冷たく輝いている蒼い月を見上げた。


申の刻七つ。

加納蔵人は、南町奉行所を出て数寄屋橋を渡り、八丁堀に向かった。

蔵人は京橋と弾正橋を渡り、八丁堀沿いの道に入った。

秋山久蔵が、行く手に現れた。

蔵人は久蔵に気付き、僅かに足を止め、再び歩き出した。

「秋山さん……」

「加納、ちょいと話がある。付き合って貰おう」

「話……」

「ああ……」

蔵人は辺りを窺った。

背後に和馬と弥平次がいた。

弥平次の配下たちが、他にも潜んでいる気配が窺い知れた。

何もかも露見した……。

蔵人は覚悟を決めた。

「良かろう……」

久蔵は小さく笑い、八丁堀沿いの道をそのまま進んだ。

蔵人は続いた。

久蔵は、八丁堀と亀島川《かめじまがわ》との合流点に架かる稲荷橋を渡り、鉄砲洲波除稲荷《てっぽうずなみよけいなり》の境内に入った。

江戸湊の出入口に設けられた稲荷の境内には、汐《しお》の香りが漂い、潮騒《しおさい》が響いていた。

久蔵と蔵人は、静かに対峙した。

「薄汚い盗人から昔惚れていた女の秘密を聞き、俺の名前を騙って金を強請り取った挙句、身投げに追い込んだ。そうだな」

「ええ……」

蔵人は躊躇いもなく認めた。

「何故、そんな馬鹿な真似をしたんだい」

「魔がさしたんですかねえ」

「魔がさした……」

「おしずに無性に逢いたくなりましてね。秋山さんの名前を騙って呼び出したんです。云う通りにしなければ、秘密を井筒屋彦右衛門に教えると……」

「何故、俺の名を騙ったんだい」

「偶々《たまたま》、名乗ってしまったんですよ」

蔵人は笑った。

「ふざけるんじゃあねえ……」

「ひょっとしたら、秋山さんになりたかったのかも知れませんね」

「俺になりたかった……」

「ええ。剃刀久蔵のように生きられたら、どんなに楽か……」

「馬鹿野郎……」

久蔵は吐き棄てた。

「金も強請るつもりはなかったんです。ですが、おしずが勝手に十両を差し出しましてね。思わぬ成り行きでした。それで、抱き寄せても抗《あらが》いもせず」

「黙れ」

久蔵が厳しく一喝した。

「おしずは、子供可愛さにお前の云いなりになっただけだ」

「そうでしょうねえ」

蔵人は、開き直ったように笑った。

長い部屋住みと婿としての暮らしは、蔵人の性格を大きく歪めたのかも知れない。

久蔵は哀れんだ。だが、蔵人より哀れなのは、怯えて身を投げたおしずなのだ。

「さあて、どう始末をつけるかな」

久蔵は僅かに身構えた。

「秋山さん、私は腹を切りますよ」

蔵人は、事も無げに言い放った。

久蔵は微かに笑った。

和馬と弥平次は、驚いて顔を見合わせた。

「斬り合ったところで、剃刀久蔵に勝てるとは思えませんからね」

蔵人は両刀を鞘《さや》ごと抜き、玉砂利の上に座って着物をはだけた。

「いい覚悟だな」

「はい。介錯《かいしゃく》をお願いします」

蔵人は脇差を抜き払い、逆手に持った。

久蔵は蔵人の背後に廻り、抜き打ちの構えを取った。

「言い残すことはねえか」

「別に……。ご造作をお掛けします」

蔵人は微笑んだ。邪気のない子供っぽい笑顔だった。

蔵人は静かに眼を瞑り、脇差を腹に突き立てた。

刹那、久蔵は抜き打ちに蔵人の首の血脈を断ち斬った。

蔵人は絶命し、前のめりに静かに崩れた。

和馬と弥平次、そして幸吉、雲海坊、由松が現れて駆け寄って来た。

「和馬、蔵人の死体を屋敷に運び、舅《しゅうと》とお内儀にありのまま伝えるんだ」

「心得ました」

和馬は、固い面持ちで頷いた。

蔵人の義父と妻が、その死を南町奉行所にどう届けるかは分からない。届出一つで、加納家は取り潰しになる。

久蔵は、真相を隠すつもりはない。

「それから親分、御影堂のおかよに、おしずを強請って身投げさせた野郎は死んだと教えてやりな」

「倅の清吉の件は、如何いたしましょう」

「そいつは余計な事だよ」

清吉はおしずの子であり、油問屋『井筒屋』の倅なのだ。

「それでいいじゃあねえか……」

「承知しました」

弥平次は微笑み、頷いた。

久蔵は、鉄砲洲波除稲荷の境内を後にした。

加納蔵人は死を覚悟していた。覚悟は、おしずから金を脅し取った時にした。いや、久蔵の名前を騙った時かも知れない。南町奉行所の前で久蔵に声を掛けて来たのは、おそらく死を覚悟しての事だったのだ。

いずれにしろ加納蔵人は、切腹して果てた。
久蔵は、八丁堀に架かる稲荷橋を渡った。
鷗が低く飛び交った。
不意に疑惑が湧いた。
「まさか……」
久蔵は稲荷橋の上に立ち止まり、思わず呟いた。
不意に湧いた疑惑は、次第に確信に変わっていった。
無理心中……。
加納蔵人は、おしずの後を追って腹を切ったのだ。
生きるのが下手な、不器用な野郎だ……。
久蔵は立ち尽くした。
江戸湊には鷗が舞い、潮騒が低く鳴り響いていた。

第四話

大捕物

一

長月《ながつき》——九月。

夜が長くなる月。神田明神祭、芝神明祭などが続く秋祭りの季節。

金龍山《きんりゅうざん》浅草寺の門前広小路には、様々な店が軒を連ねて多くの参拝客で賑わっていた。

連なる店の中に、傘屋『萬屋《よろずや》』があった。

傘は使う者とその柄により、蛇《じゃ》の目《め》傘、奴《やっこ》傘、番傘、紅葉《もみじ》傘、青傘など数種類ある。そして、〝古傘買い〟〝古傘屋〟などもあり、古い傘を買い取って張替傘として売る商売もあった。

傘屋『萬屋』を訪れていた客は、怯えた面持ちで足早に店を出て行った。そして、店には人相の悪い二人の浪人が残った。

『萬屋』の奉公人たちは、店の隅で息をひそめて二人の浪人を見ていた。

二人の浪人は様々な傘を開き、貼ってある紙を試すと云っては、脇差で突き刺したり切ったりしていた。

「お願いにございます、ご浪人さま。もうお止め下さいまし」

番頭が、泣き出さんばかりに頭を下げた。

「番頭、俺たちは張りの強い傘を買おうと試しているだけだ」

因縁《いんねん》を付けての強請りたかりだった。

「それはそうでございましょうが……」

番頭は、激しく狼狽していた。

二人の浪人が、金目当ての嫌がらせをしているのは分かっている。だが、番頭たちは浪人たちの暴力を恐れ、見守るしかなかった。

『萬屋』の主が血相を変え、奥から紙包みを持って来た。紙包みは、大きさと厚みから五枚の小判が入っている筈だった。

「ご浪人さま、申し訳ございませんが、手前どもの店には、お気に召す傘はあるとは思えませぬ。どうか、他の店でのお買い求め、お願い申しあげます。つきましては些少《さしょう》にはございますが、無駄足を踏ませたお詫びにございます」

「そうか、それは念のいった詫び。我らこそ畏れ入る。邪魔をしたな」

二人の浪人は、嘲笑いを浮かべて『萬屋』を後にした。

「旦那さま……」

番頭が全身に安堵感を滲ませた。

「ああ……」

主は額に滲んだ冷や汗を拭った。

傘屋『萬屋』の店は、奉公人たちの安心した吐息に満ち溢れた。

傘屋『萬屋』で五両を強請り取った二人の浪人は、吾妻橋西詰花川戸町《はなかわどちょう》の一膳飯屋に入った。

「親父、酒だ」

「それから肴を見繕《みつくろ》ってな」

二人の浪人は店に入るなり、大声で注文した。

「桑原《くわばら》、相川《あいかわ》、ご機嫌だな」

片隅で酒を飲んでいた浪人の権藤伝八郎《ごんどうでんぱちろう》が、二人に声を掛けて来た。

二人の浪人・桑原総六《そうろく》と相川秀三郎《ひでざぶろう》は、権藤のいる飯台の空き樽に腰掛け、店の親父の運んできた酒を飲んだ。

「上手くいったようだな」

「ああ、五両だ」

桑原が狡猾《こうかつ》に笑った。

「何処だ」

「広小路の萬屋って傘屋だ。権藤さんもやってみるがいい」

相川は、美味そうに酒を手酌で飲んだ。

「傘屋の萬屋か……」

権藤は舌なめずりをし、湯呑茶碗の酒を啜った。

「青木《あおき》と加島《かしま》はどうした」

「まだだ……」

「そうか、まあ、飲もう。親父、酒をどんどん持って来い」

権藤、桑原、相川の三人の浪人は、強請り取った金で酒を飲み続けた。

「今戸《いまど》の剣術道場……」

南町奉行所定町廻り同心神崎和馬は、胡散《うさん》臭《くさ》げに眉を顰めた。

「ええ。とっくに潰れて空き家になっていた道場なんですがね。そこにいつの間にか住み着いていたってんですよ」

幸吉は茶を啜り、大囲炉裏《おおいろり》に炭を入れた。

船宿『笹舟』の店土間には大囲炉裏が設けられ、秋の川風にさらされた船頭たちの身体を温めていた。

和馬と幸吉は、大囲炉裏の周りに置かれた腰掛けにいた。

「その住み着いた浪人どもが、大店相手に強請りたかりを働いているってのか」

「ええ。因縁をつけたり、店に居座ったり」

「薄汚ねえ浪人どもに居座られちゃあ、来た客も帰っちまうか」

「はい……」

「で、強請られた大店は、どう云っているんだい」

「そいつが旦那、浪人は五人。たとえ訴え出てお縄にしたところで、残った奴らがどんな仕返しをするか……」

「訴え出ないか……」

「ええ。それに奴らは、脅すというより、詫びの印として金を受け取る事が多いそうでして、何もかも強請られたとは……」

「云えないか……」

「はい」

「つまり、奴らは摑まれる尻尾は出してないかい」

「狡猾な奴らですよ」

幸吉は吐き棄てた。

「で、親分はどう云ってんだ」

「暫く様子を見るしかあるまいと……」

「そうだな」

和馬は冷え切った茶を飲んだ。

「しかし、放っては置けないな」

「はい。人が怪我をしたり、斬られたりしてからじゃあ遅いですからね」

「よし。俺も秋山さまに申しあげて、どうするか考えて貰うよ」

「お願いします」

幸吉がそう云い、大囲炉裏の上で湯気をあげていた湯を急須《きゅうす》にそそいだ。

「お父っつぁん」

『笹舟』の養女のお糸が、血相を変えて駆け込んできた。

「どうしました、お糸ちゃん」

「幸吉さん、お父っつぁんは……」

「女将さんと、勇次の猪牙舟で向島《むこうじま》に墓参りに……」

柳橋の弥平次と女房のおまきは、弥平次の亡き前妻の墓参りに行っていた。

「そうだった……」

弥平次とおまきは、お糸がお針の稽古に行っている間に出掛けたのだった。

「で、どうしたんです」

「両国の鶯堂《うぐいすどう》の番頭さんが、浪人に斬られたのよ」

「なに……」

和馬が素っ頓狂な声をあげた。

「鶯堂って菓子屋の鶯堂ですね」

「ええ……」

幸吉が飛び出した。

和馬が慌てて続いた。

「退《ど》け、退いてくれ」

幸吉と和馬は、神田川に架かる柳橋を渡り、両国広小路を突っ切って横山町三丁目にある菓子司『鶯堂』に駆け込んだ。

手代や丁稚たち奉公人が、辺りを片付けて土間に散った血の始末に忙しかった。

「どうした」

和馬が怒鳴った。

『鶯堂』の主の清兵衛《せいべえ》が、駆け込んできた和馬と幸吉を見て戸惑いと困惑を浮かべた。

「はあ……」

「はあ、だと」

和馬は眉を怒らせた。

「清兵衛の旦那、こちらは南町奉行所の神崎和馬さまです。何もかも正直に仰った方がいいですよ」

幸吉が慌てて中に入った。

「ご無礼致しました」

清兵衛は詫びた。

「斬られた番頭は何処だ」

和馬は怒鳴った。

清兵衛は、和馬と幸吉を奥の座敷に案内した。

番頭の万吉《まんきち》は、左太股《ふともも》を斬られていた。

治療した医者の診立《みた》てでは、傷は大きいが深くはなかった。

和馬と幸吉は、番頭万吉に事情を尋ねた。

その日、二人の浪人が、菓子屋『鶯堂』を訪れて居座り、客を威嚇《いかく》した。番頭の万吉は、一分金を二枚包んで引き取って貰おうとした。だが、二人の浪人は、自分たちは物乞いではないと激昂し、無礼打ちと称して万吉を斬ったのだ。慌てて出て来た主の清兵衛が、二両の金を包んで渡し、どうにか引き取らせた。

「その浪人どもは、何処の誰だ」

和馬は問い質《ただ》した。

「それが……」

万吉は清兵衛の顔を窺った。

「分かりません」

清兵衛は苦しげに項垂れた。

「清兵衛、その方、浪人どもの仕返しを恐れているのか」

和馬は苛立った。

「いえ、決してそのような……」

清兵衛は言葉を濁した。

万吉を斬った浪人たちは、今戸の剣術道場に居ついた五人の内の二人に違いなかった。だが、主の清兵衛と番頭の万吉は、仕返しを恐れて泣き寝入りを決め込んでいた。

「清兵衛、俺たちが護る。安心して証言してくれ」

「ですが……」

幾ら二人を捕えても、仕返しは残る三人がする。

清兵衛と万吉はそれを恐れ、二人の浪人を訴えなかった。

「悪いのは、お客さまを物乞いと間違った手前どもでございます」

和馬と幸吉は、憮然とした面持ちで菓子屋『鶯堂』を後にした。

和馬は、無言のまま斜向かいの屋号もない小さな蕎麦屋に向かった。

幸吉は続いた。

「いらっしゃいませ」

蕎麦屋の老店主が、和馬と幸吉を迎えた。

和馬は狭い店の隅に座り、老店主に酒を頼んだ。

「旦那、酒なら笹舟で……」

「幸吉、笹舟で自棄酒《やけざけ》は飲めないぜ」

「自棄酒ですか……」

「ああ、鷲堂の奴ら、俺たちより浪人どもの仕返しを信じていやがる」

「おまちどおさまです」

老店主が酒を持ってきた。

幸吉は、和馬の猪口に酒を満たした。

「付き合え」

和馬は幸吉に酒を注ぎ、己の猪口を一息で空にした。

「いずれにしろ旦那、番頭を斬った浪人は今戸の五人組の二人に違いありません。張り付いて尻尾を出すのを待ちますか」

「面倒だが、それしかあるまい……」

和馬は酒を呷った。

「旦那、親分、鷲堂の一件ですか」

蕎麦屋の老店主が声を掛けて来た。

「ああ。父っつぁん、今日の騒ぎ、見たのか」

幸吉が聞き返した。

「そりゃあ、斜向かいですからね。嫌でも見えちまいますよ」

「そりゃあそうだな」

「父っつぁん。浪人、どんな奴らだった」

「へい。今戸の剣術道場にとぐろを巻いている青木と加島って浪人ですよ」

老店主は事も無げに云った。

「青木と加島……」

和馬は思わず猪口を置いた。二人の浪人の名が、意外なところで呆気なく割れた。

「へい……」

「父っつぁん、間違いないか」

「ああ。以前、うちにも来てね。只で飲み食いした挙句、僅かな稼ぎを無理やり持って行きやがった」

老店主も浪人たちの被害者だった。

「俺は柳橋の弥平次の身内で幸吉って者だ。父っつぁんは……」

「善八《ぜんぱち》……」

老店主の名は、善八だった。

「善八の父っつぁん、いざとなりゃあ証言してくれるかい」

「ああ、いいとも……」

善八は皺だらけの顔で頷いた。

「旦那……」

「うん……」

和馬の自棄酒は、善八のお蔭で美味い酒になった。

南町奉行所に戻った和馬は、吟味方与力の秋山久蔵に五人の無頼浪人の事を報告した。

「五匹の野良犬か……」

「はい」

「で、強請りたかりの確かな証拠も証言もねえんだな」

「ええ。脅された者たちは、仕返しを恐れて証言を拒んでいましてね。幾ら護ると云っても……」

「信用しねえか」

「はい」

和馬は悔しげに唇を嚙んだ。

「情けねえ話だな」

久蔵は笑った。

「秋山さま、笑っている場合ではありません。このままでは、我ら町奉行所の威光は地に落ち……」

「分かった」

久蔵は和馬を遮った。

「はあ……」

「和馬に意見されるとは思わなかったな」

久蔵は苦笑した。

「秋山さまに意見だなんて、申し訳ありません」

「いや。お前の云う通りだ」

「はあ……」

「よし。和馬、今戸の剣術道場に巣食ってる浪人どもを洗え」

「秋山さま……」

「野良犬を一匹残らず始末してやろうじゃあねえか」

「はい」

久蔵は楽しげに笑った。

弥平次は事の顚末を聞き、冷えた茶を飲んだ。

「それで幸吉、和馬の旦那は秋山さまにお話しすると仰ったんだな」

「はい」

「よし。こっちも手配りしよう」

「はい」

幸吉は膝を進めた。

瓦《かわら》や素焼きの器で名高い浅草今戸町は、吾妻橋から隅田川を上った処にあった。

和馬と幸吉は、柳橋から蔵前通りを抜けて浅草寺前に出た。そして、吾妻橋の手前を花川戸に進み、山谷堀《さんやぼり》に架かる今戸橋を渡った。そこから先が今戸の町だった。

古い剣術道場には、『神道無念流《しんとうむねんりゆう》・権藤道場』と書かれた安手の看板が掛かっていた。

和馬は物陰に潜み、辺りを窺った。

鋳掛屋の寅吉が、道場の斜向かいに店を開いて鍋の底の修理をしていた。

托鉢坊主の雲海坊が、下手な経を読みながら町内を巡り歩いていた。そして、しゃぼん玉売りの由松が、子供たちに囲まれて賑やかにしゃぼん玉を吹き上げていた。

弥平次は、監視の手配りを終えていた。

「和馬の旦那……」

幸吉が和馬の処に戻って来た。

「いい場所、あったかい」

「ええ。こっちです」

幸吉は、和馬を笊屋《ざるや》の二階に案内した。

笊屋の二階には、編みあがった笊が積み重ねられていた。

幸吉と和馬は、窓の板戸を押し上げた。

窓の下には、屋根瓦のはがれた古い剣術道場が見通せた。

「如何ですか」

「いいだろう」

「じゃあ、あっしは笊屋の親父と話を決めてきます」

和馬と幸吉は、笊屋の二階を借り、張り込みの拠点にする事にした。

和馬は窓の板戸を開け、棒をかました。

窓の下に見える権藤道場からは、竹刀《しない》や木刀など稽古をしている音は聞こえなかった。

「何が剣術道場だ。強請りたかりの道場だろうが……」

幸吉が戻って来た。

「話は着いたか……」

「そりゃあもう。片付けてくれるのなら、家賃はいらねえと……」

五人の浪人は、界隈でも名高い嫌われ者だった。

和馬と幸吉、そして寅吉たち手先は、権藤道場に巣食う浪人たちの所業と素性を洗い始めた。

権藤道場には、米屋も酒屋も出入りをしていなかった。それは、米代や酒代を払わないからだ。

二

五人の浪人たちは、三度の飯も周辺の飯屋にたかっていた。

和馬と幸吉たちは、五人の浪人たちの名を割り出した。

道場主として看板に名を記している権藤伝八郎、桑原総六、相川秀三郎、青木平内《へいない》、加島忠蔵《ちゅうぞう》。

五人の浪人の中で一番剣術の腕が立つのが、看板に名を記している権藤伝八郎なのだ。

和馬と幸吉は、店先で笊屋の親父の仕事を手伝いながら、浪人たちの名と顔を確かめた。笊屋の親父は、知っている限りの事を喜んで教えてくれた。

浪人たちは、二人一組で出かけていた。組み合わせは、桑原総六と相川秀三郎、青木平内と加島忠蔵が主であり、権藤伝八郎は単独行動か道場に残る事が多かった。

託鉢坊主の雲海坊としゃぼん玉売りの由松は、それぞれの組み合わせで出かける浪人たちを追う手筈になっていた。

二人の浪人が、道場から出て来た。

「手前の野郎が桑原総六、もう一人が相川秀三郎だ」

笊屋の親父が、二人を一瞥して和馬と幸吉に告げた。

物陰から現れた雲海坊が、桑原と相川を追った。桑原と相川は今戸橋を渡り、隅田川沿いの道を進んだ。

行く手に浅草広小路の賑わいが見えた。

桑原と相川は、浅草寺門前広小路に暖簾を出している呉服屋を訪れた。

強請りたかりを働く……。

雲海坊は雑踏に紛れ、緊張して見守った。

呉服屋に入った桑原と相川は、大声で展示してある反物の値踏みをし、女客たちを冷やかした。

帳場にいた番頭が、桑原と相川に慌てて駆け寄り、素早く金包みを渡した。

「流石は番頭、話が早いな」

桑原と相川は、大声で笑いながら呉服屋を出た。

番頭は安心したように見送った。

どうやら呉服屋は、今までに何度か強請りたかりに遭っている。それは、番頭の手馴れた様子に表れていた。だが、おそらく番頭は、浪人たちの強請りたかりを認めはしないだろう。

桑原と相川は、広小路の賑わいを吾妻橋に向かった。

雲海坊は追った。

権藤道場から又、二人の浪人が出て来た。

「背の低いのが青木平内。太っているのが加島忠蔵だ」

笊屋の親父が、吐き棄てるように告げた。

青木と加島は、ぶらぶらと今戸橋に向かった。

しゃぼん玉売りの由松が尾行した。

「残った野郎が、権藤伝八郎か……」

和馬は、道場を覗くように身を乗り出した。だが、道場の中が見える筈はなかった。

「旦那、あっしは辺りの様子を見てきます」

「うん」

幸吉は出掛けて行った。

「旦那、そこの割り竹の束、取っちゃあくれませんかい」

「おう」

和馬は気軽に割り竹の束を取り、親父に渡した。親父は、割り竹を抜き、鮮やかな手付きで笊を編んでいった。

「見事なもんだな……」

和馬は感心した。

「旦那、あっしより道場ですよ」

親父は苦笑した。

「そりゃあそうだ……」

和馬は笊を編む真似をしながら、権藤道場を監視した。

桑原と相川は、隅田川に架かる吾妻橋を渡って本所に入り、御竹蔵と割下水の間の往来を竪川に向かった。

雲海坊は尾行した。

桑原と相川は、竪川二つ目橋の南詰にある居酒屋に入った。途端に女の嬌声があがった。どうやら居酒屋は、酒と女を売る店のようだった。

昼間から女か……。

雲海坊は呆れた。


青木と加島は、浅草広小路を抜けて駒形町に入った。

由松は慎重に尾行した。

青木と加島は、駒形町の質屋『蔵《くら》や』の暖簾を潜った。

質屋……。

強請りたかりを働いている青木と加島が、質屋に入った。

由松は違和感を覚えた。

青木と加島は、質屋『蔵や』で僅かな時を過ごして出て来た。

僅かな時で何をしたのか……。

何かを質入したとは思えない。

由松は迷った。

青木と加島を尾行するか、それとも『蔵や』に聞き込みを掛けるか迷った。そして、由松は尾行を取り、青木と加島を追った。

由松が青木と加島を尾行して行った直後、『蔵や』の番頭が血相を変えて裏口から飛び出して行った。


権藤伝八郎に動く様子は見えなかった。

和馬は、笊屋の親父の手伝いにも飽き、二階にあがって道場を監視した。

鋳掛屋の寅吉が、釜の底を修理する音が響いていた。

幸吉が戻って来た。

「何か分かったか……」

「それが、権藤の野郎が、いつまでも強請りたかりでもねえな、ってぼやいていたぐらいしか……」

幸吉が苦笑した。

「いつまでも強請りたかりじゃあないか……」

「強請りたかりを散々して、良くいいますぜ」

「まったくだが、まともな奴ならそれが普通だぜ」

「普通じゃあなかったら……」

「もっと、大きな事を仕出かすだろうが、そんな度胸はないさ」

「きっと……」

和馬と幸吉は笑った。


駒形町の質屋『蔵や』の番頭は、血相を変えて柳橋の船宿『笹舟』に駆け込み、土間に倒れ込んだ。

帳場にいた女将のおまきが、思わず驚きの声をあげた。

船着場にいた勇次とお糸が、裏手から駆け付けて来た。

「どうしたの、おっ母さん」

お糸がおまきに駆け寄った。

「あ、あれ……」

おまきは、倒れている番頭を恐ろしげに指差した。

「おい、どうした」

勇次は、番頭を抱き起こした。

「蔵やの番頭さん……」

おまきが、眉をひそめた。

質屋『蔵や』の主は、船宿『笹舟』の贔屓客であり、弥平次が岡っ引であるのも知っている。

駒形町から走ってきた番頭は、苦しげに息を鳴らしていた。

「しっかりしな、番頭さん。お嬢さん、水だ」

「はい」

お糸は土間の大囲炉裏の水瓶《みずがめ》に走り、湯呑茶碗に水を汲んで番頭に渡した。番頭は水を飲み、大きな溜息を吐き出した。

「どうしたんです、番頭さん」

「わ、若旦那が……」

番頭は苦しげな声をあげた。

「若旦那がどうしたんです」

「勾《かど》かされました」

番頭は肩を落とした。

駒形町の質屋『蔵や』の一人息子・文吉《ぶんきち》が、何者かに勾かされて身代金三百両が要求された。

弥平次は、久蔵の許に急いだ。

「勾かしとは、手荒な真似をしたな……」

久蔵は嘲笑した。

「はい」

「親分、勾かされた質屋の若旦那ってのはどんな男だい」

「文吉と申しましてね。蔵やの番頭さんの話じゃあ、二十歳になった今でもふらふらと遊び歩いているとか……」

「絵に描いたような若旦那かい」

「まあ、そんなところですか、遅く出来た子なので、旦那とお内儀さんが、猫可愛がりに育てたようですよ」

「いつ、いなくなったんだい」

「三日ほど前、店の金を持ち出して出掛けたきりだそうです」

「いつもの事なのかい」

「らしいですよ」

弥平次は、微かに苦笑した。

「で、身代金を寄越せと脅して来たのが、例の浪人どもに違いねえんだな」

「はい。五人の内の二人です」

「肝心なのは、文吉って若旦那が何処にいるのかだな」

「はい。先ずは今戸の剣術道場ですが、寅吉たちの話を聞いた限りでは、文吉が閉じ込められているようには思えません」

「よし、そっちは俺が行こう。親分は身代金三百両の受け渡しがいつになるか、確かめてくれ」

「承知しました」

弥平次は頷いた。

「それにしても、手前らから尻尾を出してくれるとはな」

久蔵は笑った。


竪川二つ目橋の居酒屋『樽平《たるへい》』は、雲海坊の睨み通り酒の他に女も売る店だった。

雲海坊は、二つ目橋界隈に『樽平』の評判を聞いて歩いた。

『樽平』の主は市五郎《いちごろう》といい、浪人あがりの男だった。市五郎は数人の酌婦を抱え、二階の小部屋で客を取らせていた。

浪人の桑原総六と相川秀三郎は、『樽平』に入ったままであった。

『樽平』の二階からは、男の笑い声と女の嬌声が漏れてきていた。

「昼間から良い調子だぜ」

雲海坊は吐き棄て、辛抱強く張り込み続けた。

浪人の青木平内と加島忠蔵は、駒形町の質屋『蔵や』から今戸の権藤道場に戻った。

由松は、斜向かいで店を開いている鋳掛屋の寅吉に青木と加島が戻った事を告げ、和馬と幸吉のいる笊屋の二階に向かった。

「質屋……」

幸吉は首を捻った。

「金になる質草、良くあったな」

和馬は長閑に笑った。

「和馬の旦那、それよりどうして強請りたかりをしないで、質屋に行ったかです」

幸吉は厳しい眼を向けた。

「そうだな。質屋に行くぐらいなら、手っ取り早く強請りにたかりだな」

和馬は、青木と加島の行動の奇妙さに気付いた。

「ええ。それで由松、青木と加島の野郎、質屋を出て真っ直ぐ帰って来たんだな」

「へい。質屋にいたのは、ほんの僅かな間です」

由松は頷いた。

「やっぱり妙だな……」

幸吉は眉を顰めた。

仮に金が必要になって質屋を訪れたのなら、真っ直ぐ帰ってくるのも奇妙に思える。

「由松、野郎どもが質屋を強請っていたってのは、どうだ」

「そんな暇はなかったと思います」

「そうか……」

和馬と幸吉は、首を捻った。

権藤道場には、帰って来た青木と加島の他に権藤伝八郎がいる。だが、道場は静まり返っていた。

「幸吉の兄貴、雲海の兄いは」

「桑原と相川を追っていったままだ」

「そうですか。じゃあ、あっしは道場の裏を見張ります」

由松は笊屋の二階を降り、権藤道場の裏手に廻った。

鍋の底が、いつもとは違う調子で叩かれた。

幸吉は窓から寅吉を見た。

鋳掛屋の店を開いている寅吉の傍には、笠を被った痩身着流しの久蔵がいた。

「和馬の旦那、秋山さまです」

幸吉は素早く出迎えに降りて行った。

「秋山さま……」

和馬は辺りを見廻し、何故かうろたえた。

和馬と幸吉は、久蔵に情況を説明した。

「青木平内と加島忠蔵か……」

「はい。駒形の質屋に何しに行ったのか……」

和馬がもっともらしく首を捻った。

「和馬、幸吉、二人は蔵やを脅しに行ったんだぜ」

「脅し……」

「ですが、由松の話では、すぐに出て来たとか……」

「ああ。若旦那を勾かしたから三百両、用意しろと云ってな」

「勾かし……」

和馬が、素っ頓狂な声をあげた。

幸吉は、意外な成り行きに顔を強張らせた。

和馬と幸吉は、青木と加島が駒形町の質屋『蔵や』に行った理由を知った。

「勾かしは、おそらく五人の仕業に違いねえ。その辺りの様子、どうだ」

「別に変わった様子は見えませんが……」

「そうか……」

久蔵は窓から道場を見下ろした。

道場は静まり返り、剣を修業する者たちの汗や涙は窺われなかった。

「勾かされた若旦那、道場に閉じ込められているんですかね」

和馬が身を乗り出した。

「さあてな……」

質屋『蔵や』の若旦那文吉が、道場に監禁されているかどうかは、踏み込んで見なければ分からない。

「秋山さま。勾かされた若旦那、何歳ですか」

幸吉が尋ねた。

「二十歳だそうだ……」

二十歳にもなる若旦那なら、子供のように泣き喚いたりはしない。

「それで、身代金三百両の受け渡しはいつですか」

「そいつはまだだ。いずれにしろ奴らから眼を離すな」

「はい……」

「見張られているとも知らず勾かしを働くとは……秋山さま、一気に踏み込んでお縄にしてやりましょう」

和馬は意気込んだ。

「和馬、若旦那の文吉を無事に助け出すまでは、迂闊な真似は出来ねえ相談だ」

久蔵は苦笑した。

勾かされた文吉を無事に助け出す……。

久蔵は、文吉の救出を優先していた。

いずれにしろ事態は、無頼浪人どもの強請りたかりから、勾かし事件になった。

駒形町の質屋『蔵や』は、番頭と手代によって営業を続けていた。

弥平次は勇次を従え、裏の家の庭から『蔵や』の母屋に入った。

『蔵や』の主の喜左衛門《きざえもん》とお内儀のおよしは、一人息子の文吉を案じて震えていた。

「柳橋の親分さん、文吉を……文吉を助けてやって下さい。お願いです。文吉を助けて下さい」

およしは、挨拶もそこそこに弥平次に縋り付いた。

「お内儀さん、出来るだけの事はしますので落ち着いて下さい」

「親分、三百両でも四百両でも金は幾らでも出します。ですから何とか……」

喜左衛門は父親の甘さを見せた。

「良く分かりました。それで喜左衛門の旦那、勾かしの浪人どもから金の受け渡しについて何か云ってきましたか」

「それがまだ。金はとっくに用意しているんですが……」

喜左衛門は苛立ちを見せた。

「分かりました。じゃあ旦那、あっしたちはこのまま置いて貰いますよ」

弥平次は、勇次を手代として店の番頭の傍に置き、権藤たちからの連絡を待った。


勾かされた文吉は、何処にいるのか……。

和馬と幸吉は、権藤たち浪人が文吉を閉じ込めている場所を探ろうとした。だが、権藤たち浪人に動きはなく、その場所は突き止めようがなかった。

和馬と幸吉は焦り、苛立ちを浮かべた。


暮六つの鐘の音が響いた。

「旦那……」

幸吉が窓辺に和馬を呼んだ。

「動いたか……」

和馬は窓から道場を見た。

浪人の青木と加島、そして権藤伝八郎が道場から出て来た。

寅吉の鍋底を叩く音が、急調子にあがった。

浪人どもが動く……。

裏手に廻っている由松は、鍋底を叩く音を聞いて表に急いだ。

権藤、青木、加島は、今戸橋に向かって歩き始めた。

「どうする」

「あっしと由松が追います」

由松が裏手から現れ、権藤たちの尾行を始めた。

笊屋を出た幸吉は、由松と合流して浪人たちを追った。

寅吉が、鍋底を叩きながら見送った。


権藤道場は静まり返っていた。

権藤、青木、加島の三人は出掛け、桑原と相川はまだ帰って来てはいない。

道場には誰もいないのか、勾かされた質屋の若旦那が監禁されているのか……。

和馬は思わず立ち上がった。

忍び込む……。

和馬は武者震いをした。

鋳掛屋の寅吉は、思わず鍋底の穴を塞ぐ手を止めた。

和馬が、引き攣《つ》ったように笑って見せた。

「忍び込むだなんて、和馬の旦那……」

「心配するな寅吉、浪人どもは誰もいないんだ」

「ですが、いつ帰って来るか分かりませんぜ」

「その時はその時だ……」

「ですが……」

「もし、奴らが帰って来た時は、鍋の底を頼むぜ」

「そりゃあ、仰るまでもなく。旦那、忍び込んだのが気付かれないように……」

忍び込んだのが露見すると、浪人たちに役人の手が廻っているのを気付かれる。

寅吉はそれを心配した。

「分かった。じゃあな……」

和馬は緊張に身震いし、権藤道場の裏手に廻って行った。


権藤道場の裏に廻った和馬は、素早く板塀を乗り越えた。そして、裏口の戸に張り付き、中の様子を窺った。

人の気配や物音はしなかった。

和馬は裏口の戸を開けた。

戸は静かに開いた。

剣術道場に忍び込む盗人などいない。その上、権藤道場は荒れており、金のないのは一目瞭然《いちもくりようぜん》だ。

浪人たちは戸締りなどせず、出掛けていた。

和馬は草履を懐に入れ、裏口から台所に忍び込んだ。

台所は薄暗く、竈《かまど》も冷え切っていた。

和馬は右手の板戸を開けた。そこは物置であり、雑多な物を置いてあるだけだった。

和馬は板戸を閉め、廊下の奥に進んだ。

二十坪程の道場があった。

道場の床には埃《ほこり》が薄く広がり、汗の臭いが染み付いているだけだった。

和馬は、埃の広がりに足跡を残さないように黒光りしている処を進んだ。

埃の中に細い道のように黒光りしているのは、浪人たちが行き交っている処なのだ。

和馬は慎重に進んだ。

三

権藤、青木、加島は、今戸橋を渡って花川戸町を吾妻橋に向かっていた。

幸吉と由松は、油断なく尾行した。

加島が顔をしかめ、立ち止まった。

「どうした、加島」

権藤が怪訝な眼を向けた。

「うむ。どうも腹の具合がな……」

加島は額に脂汗を浮かべ、鈍痛のする下腹を押さえた。

「だったら道場に戻って寝ているんだな」

「う、うむ……」

「加島、それがいいぞ」

「そうするか……」

加島は顔を歪め、苦しげに頷いた。

「そうしろ」

権藤と青木は、加島を残して吾妻橋に向かった。

加島は踵を返した。

幸吉と由松は、物陰に潜んで権藤たちの様子を窺っていた。

「二手に別れやがったか……」

「ええ。どうします」

「よし。権藤と青木は俺がつける。由松は加島を頼む」

「合点だ」

幸吉は由松を残し、権藤と青木を尾行した。

由松は、来た道を戻る加島を追った。

加島は下腹を押さえ、足早に先を急いだ。


道場の横手には、八畳の部屋が二つ並んでいた。

和馬は二つの部屋を調べた。

二つの部屋には、酒の空徳利が転がり、食べ物の残りが僅かな匂いを漂わせていた。

五人の浪人たちは、おそらくこの二部屋で生活の殆どをしているのだ。

和馬は押入れを開けた。

押入れには、薄汚い煎餅蒲団《せんべいぶとん》が入っているだけで、勾かされた若旦那が閉じ込められてはいなかった。

和馬は、次の間の押入れも調べた。だが、何処にも若旦那はいなかった。

勾かされた若旦那は、道場の何処にもいない。

和馬は確信した。

その時、鍋の底を叩く音が響いた。

浪人が戻って来た……。

寅吉からの報せだった。

和馬は慌てた。

寅吉は焦った。

加島忠蔵が、強張った面持ちで前のめりに帰って来たのだ。

寅吉は、慌てて鍋の底を叩いた。

加島は寅吉の前を足早に抜け、道場に入っていった。

寅吉は慌てて道場に駆け寄り、中の様子を窺った。

「どうしました、寅吉っつぁん」

由松が怪訝な声を掛けて来た。

「由松、野郎、何しに戻って来たんだ」

「さあ、そいつはこれから……」

「和馬の旦那が、忍び込んでいるんだ」

「えっ……」

由松は驚いた。


道場に入った加島は、廊下の端にある厠に駆け込んだ。

和馬は押入れから這い出し、足音を忍ばせて台所に急いだ。

加島の苦しげな唸り声が、厠から微かに漏れていた。

和馬は、台所から道場を出た。

「和馬の旦那……」

寅吉と由松が、板塀を乗り越えた和馬に駆け寄った。

「おう。寅吉、危なかったぜ」

和馬は、汚い手拭で額の汗を拭った。

「まったくで……」

寅吉は、全身の強張りが抜けるのを感じた。

「和馬の旦那。で、加島の野郎、何しに戻ったか分かりますか」

「そいつが由松、加島の野郎、入って来るなり厠に飛び込みやがった」

「厠……」

由松は呆気に取られた。

「ああ。野郎、腹を壊しているようだ」

「腹をねえ……」

由松は妙に腹立たしくなった。

「それで旦那、勾かされた若旦那は……」

「いなかった。やはり他の処に監禁されているんだ」

和馬は断定した。

幸吉は、吾妻橋西詰にある一膳飯屋に張り付いていた。

権藤と青木は、一膳飯屋で酒を飲んでいた。

「兄貴……」

由松が駆け寄って来た。

「加島の野郎、どうした」

「それが野郎、腹を壊しているらしくって厠に飛び込みましたよ」

「腹を……」

「ええ。厠で唸っていたそうです」

「由松、どうしてそこまで……」

幸吉は怪訝に由松を見た。

「それが兄貴、和馬の旦那が道場に忍び込んでいましてね」

「和馬の旦那が……」

「ええ。それで、道場に勾かされた若旦那はいなかったそうです」

「そうか……」

「で、こっちは……」

「どうやら飯を食いに来たようだぜ」

「そうですか。それにしても兄貴、浪人ども勾かした若旦那、何処に閉じ込めているんですかね」

「ああ……」

幸吉と由松は、一膳飯屋の見張りを続けた。

竪川二つ目橋の居酒屋『樽平』は、夜の賑わいに溢れていた。

酌婦たちの黄色い声が、職人や人足たち雑多な客が入る度にあがった。

浪人の桑原総六と相川秀三郎は、『樽平』に入ったままだった。

雲海坊は、二人が出て来るのを辛抱強く待っていた。だが、二人が出て来る様子はなく、雲海坊の辛抱も切れた。

雲海坊は『樽平』の縄暖簾を潜った。

「いらっしゃい」

酌婦たちが賑やかに迎えた。

雲海坊は片隅に座り、酒を頼んだ。そして、賑わう店内に桑原と相川の姿を捜した。だが、二人の姿はなかった。

二階か……。

桑原と相川は、酌婦を買って二階にあがったままなのだ。

良くやるぜ……。

雲海坊は呆れた。

「おまちどお……」

年増の酌婦が酒を持ってきた。

「どうぞ」

年増の酌婦は、雲海坊に猪口を渡して酒を満たした。

「お前さんもどうだい」

雲海坊は、年増の酌婦に酒を勧めた。

「あら、悪いわね……」

年増の酌婦は、厚化粧の顔で笑った。

「随分、繁盛しているね」

「まあね。うちの旦那、やり手だから……」

年増の酌婦は、帳場に座っている痩せた初老の男を示した。

居酒屋『樽平』の主・市五郎だった。

市五郎は、煙管《きせる》を弄《もてあそ》びながら店の様子に眼を光らせていた。その目付きには、侍あがりの鋭さが滲んでいた。

『樽平』の開店当時、土地の地回りたちが店で匕首を振り廻して暴れた。その時、市五郎は素手で地回りたちを叩きのめした。そして、泣き叫んで許しを請う地回りたちの腕や脚を嬉しげにへし折ったという。

市五郎の座る帳場には、黒光りした階段があった。酌婦が市五郎に声を掛け、若い職人を連れて階段を上がって行った。市五郎が鋭い眼で見送った。

「二階、あるのかい」

「ええ。部屋がね……」

年増の酌婦が、厚化粧を崩して笑った。

「成る程、そういう事か……」

「どうだい、お坊さんも遊ばないかい」

年増の酌婦は、雲海坊の手を握って誘った。

「そうだな……」

二階に上がり、桑原と相川の様子を探るのも良い。

「よし、幾らだ」

雲海坊は、年増酌婦の誘いに乗った。

二階には小部屋が並び、廊下には男女の囁きと淫靡《いんび》な喘《あえ》ぎが洩れていた。

雲海坊と年増酌婦は、小部屋で酒を飲み始めた。

「ここは居続けも出来るのかい」

「旦那が良いって云ったらね。今も奥に一人いるよ」

「羨ましい野郎だな」

「ああ。もっとも毎日、酒に酔い潰れて。ありゃあ添い寝をするだけだよ」

「へえ。勿体《もったい》ねえ真似をしやがるぜ。良く金が続くな」

「旦那の知り合いの浪人の口利きでね」

桑原と相川の事かもしれない。雲海坊は緊張した。

「どんな浪人だい」

「人相の悪い浪人たちでさ。今日も昼間から来て、一緒に酒を飲んでいるよ」

やはり桑原と相川だ……。

雲海坊は、尚も探りを入れた。

「浪人の癖に金、あるんだな」

「きっと、強請りたかりの悪さでもしてんだよ」

年増酌婦の睨みは、的を射たものだった。

「それよりお坊さん、そろそろどうだい」

年増酌婦は、血走った眼で雲海坊を誘った。

雲海坊は思わず怯んだ。


障子が開き、燭台の灯りが揺れた。

「待たせたな」

久蔵が入って来た。

「いいえ……」

和馬が頭を下げた。

「で、何か分かったか」

「勾かされた蔵やの若旦那、今戸の剣術道場にはいませんでした」

「確かめたのか」

「はい。忍び込んで……」

「和馬、お前が忍び込んだのか」

「はい」

和馬は胸を張った。

「忍び込んだのを気付かれちゃあいねえだろうな」

久蔵は心配した。

権藤たち浪人は、何者かに忍び込まれたと知ったら、勾かしから手を引いて鳴りを潜めるか、江戸から逃亡するかもしれない。

久蔵はそれを恐れた。

「そいつは大丈夫です」

権藤と青木は、あれから一刻程で道場に戻って来た。そして、何事もなく買ってきた酒を飲み始めた。

和馬はそれを見届け、幸吉と由松に後を任せて来たのだ。

「よし。そいつは上出来だ」

「はい」

和馬は嬉しげに笑った。

「で、和馬、勾かされた若旦那、何処にいるか見当はついたのか」

「それなんですが、浪人どもは動きも少なく、今のところは見当もつきません」

「そうか……」

「秋山さま。奴ら、三百両の身代金、どうやって蔵やから受け取るんですかね」

「そいつはどうってことはねえ。質屋の格子越しに戴けばいいだけさ」

青木と加島は、若旦那の文吉を押さえていれば安全だと思っている。たとえ自分たちの素性が割れても、仕返しを恐れてお上に訴える事はない。青木と加島は、『蔵や』を嘗《な》めて受け渡しに小細工はしない。若旦那の文吉は、金を受け取ってから返す。そういえば、文吉を溺愛している『蔵や』の主夫婦は金を渡すのに決まっている。

権藤たち浪人は、そう読んで行動しているのだ。

それが、久蔵の睨みだった。

「じゃあ身代金は……」

「渡すも渡さねえも、それまでに文吉が見つかるかどうかに掛かっている」

「見つかれば渡さない。見つからなきゃあ渡すって事ですか」

「ああ。だが、どっちにしろ叩きのめして獄門台に送ってやるぜ」

久蔵は不敵に笑った。

「ところで和馬、桑原総六と相川秀三郎はどうした」

「それが、まだ戻って来ないんです」

「尾行ているんだろう」

「はい。雲海坊が……」

「雲海坊から繋ぎはねえのかい」

「はい……」

「ひょっとしたら文吉は、桑原と相川と一緒なのかも知れねえな」

「でしたら雲海坊が何か……」

その時、和馬は気が付いた。

「そうか、雲海坊は奴らが蔵やの若旦那を勾かしたのを知らないんだ」

和馬は吐息を洩らした。

「ま、そいつは雲海坊が戻れば、はっきりするだろうぜ」

「はい……」

香織とお福が、酒と肴を持ってやって来た。

「おいでなさいませ……」

「お邪魔をしています」

「遅くまでお役目ご苦労さまにございます」

香織とお福は、和馬に酒と肴を勧めた。

「ささ、香織さまが拵《こしら》えた鯛《たい》しんじょ、どうぞお召し上がり下さいな」

「こいつは美味そうだ」

和馬の腹が鳴った。

お福がふくよかな身体を揺らし、軽やかに笑った。

秋の夜は静かに更けていった。


竪川二つ目橋の居酒屋『樽平』は、陽があがっても眠り込んでいた。

雲海坊は、斜向かいの蕎麦屋で朝飯を済ませ、『樽平』を見張っていた。

昨夜、雲海坊は『樽平』に泊まり、今朝早く出た。その時、桑原総六と相川秀三郎は、まだ二階の部屋に居続けていた。

雲海坊は、一人での見張りに疲労を覚えた。

枕出せとはつれない言葉、そばにある膝知りながら……

聞き覚えのある下手な都々逸《どどいつ》が聞こえた。

雲海坊は金を払い、蕎麦屋を出た。

猪牙舟が、竪川をのんびりと下って来た。下手な都々逸は、その猪牙舟から聞こえていた。

雲海坊は、二つ目橋から身を乗り出した。

下手な都々逸を歌う猪牙舟の船頭は、船宿『笹舟』の伝八《でんぱち》だった。

「伝八の親方……」

雲海坊は船着場に降り、伝八を呼び止めた。

「おう、何してんだ、雲海坊」

伝八は、歯のない口を開けて笑った。


柳橋の船宿『笹舟』は、静かな朝を迎えていた。

「お父っつぁん……」

お糸が、廊下から弥平次を呼んだ。

「なんだい……」

「伝八さんが用があるそうです」

「伝八が……」

「はい。店で待っています」

「分かった……」

弥平次は湯呑茶碗を置き、居間を出て店に向かった。

船頭の伝八が、大囲炉裏の腰掛けから立ち上がった。

「どうした伝八」

「へい。親分、雲海坊が助っ人を頼むと云っています」

雲海坊は、浪人の桑原と相川を尾行して行ったまま戻って来てはいなかった。

「何処だ」

「二つ目橋の樽平って居酒屋です」

「分かった。伝八、ご苦労だったな」

「いいえ。じゃあ……」

伝八は船着場に戻って行った。

弥平次は、夜鳴蕎麦屋の長八に使いを走らせた。

四

南町奉行所筆頭同心稲垣源十郎は、秋山久蔵の用部屋に急いだ。

「秋山さま……」

「おう、入ってくれ」

稲垣は用部屋に入り、久蔵に対した。

「御用とは……」

「浅草今戸に質《たち》の悪い野良犬が五匹、いやがってな」

「権藤道場ですか」

稲垣の眼が鋭く輝いた。

「知っているのかい」

「噂だけを……」

「そいつは好都合だ」

「捕物出役ですか……」

「ああ、野郎ども質屋の若旦那を勾かしやがってな。仕度をして置いて貰おう」

「心得ました」

稲垣源十郎の捕物出役の采配は、隙も容赦もない厳しいものだ。

久蔵は、激しい捕物出役を予想した。


巳《み》の刻四つ。

青木平内と加島忠蔵が、『権藤道場』から現れた。

「幸吉……」

和馬は、眠っていた幸吉と由松を起こした。

幸吉と由松が、跳ね起きた。

「青木と加島が出掛ける。俺が追う」

和馬が、刀を手に階段を駆け下りた。

「由松」

「合点だ」

由松が続いた。

幸吉は窓辺により、和馬と由松が青木たちを追って行くのを見送った。

鋳掛屋の寅吉が、商家の軒下を借りて商売の仕度をしていた。

青木と加島は、山谷堀に架かる今戸橋を渡り、花川戸町の往来を進んで吾妻橋の西詰を抜けた。

その先は駒形町だ。

「蔵やに行く気だぜ」

「へい……」

和馬と由松は、慎重に尾行を続けた。

青木と加島は、和馬の読み通りに質屋『蔵や』に向かった。

和馬は、由松に尾行を続けさせて路地を走り、質屋『蔵や』に駆け込んだ。

「いらっしゃいませ……」

番頭と手代に化けている勇次が、入って来た和馬を迎えた。

「和馬の旦那……」

勇次が緊張した。

「勇次、浪人どもが来るぜ」

「へい」

「和馬の旦那……」

弥平次が、店の奥から出て来た。

「親分、金の用意は出来ているか」

「はい。ご安心を。で、若旦那は……」

「一緒じゃあねえ」

「そうですか……」

「よし。俺は表にいる」

和馬は、慌ただしく外に出て行った。

弥平次は奥に戻り、主の喜左衛門におとなしく金を渡すように告げた。

「親分さん、文吉は……」

お内儀のおよしが、弥平次に泣きはらした眼を向けた。

「若旦那は、金を確かめてから帰すつもりでしょう」

「そうですか……」

およしは零れる涙を拭った。

「ですから、金はおとなしく渡して下さい」

弥平次は念を押した。

「お前さん、何事も可愛い文吉の為ですよ」

お内儀のおよしが、夫の喜左衛門に訴えた。

「分かっている。分かっている……」

喜左衛門は、三百両の入った金箱を抱えて頷いた。

「旦那さま……」

番頭が蒼い顔を見せた。

「来ましたかい」

弥平次は声をひそめた。

「はい」

番頭は微かに震えていた。

「じゃあ旦那……」

弥平次は促した。

「は、はい……」

喜左衛門は金箱を抱え、震える足で立ち上がった。

「旦那、何かあったらあっしがすぐ飛び出しますので……」

弥平次は励ました。

喜左衛門は頷き、番頭の介添えで店に向かった。

青木と加島は、格子の向こうで待っていた。

「お待たせ致しました」

番頭が頭を下げた。

「金、渡して貰おうか」

青木が凄んで見せた。

「は、はい……」

喜左衛門が、震える手で金箱を差し出した。

青木と加島は、金箱の蓋を開けて中を確かめた。金箱には、切り餅が十二個入っていた。

「よし。旦那、云って置くが、俺たちには仲間がいる。たとえ俺たちが、役人に捕まったところでそいつらが文吉は無論、お前たちを皆殺しにする。分かったな」

「は、はい……」

喜左衛門は震えた。

「邪魔したな」

加島が金箱を小脇に抱えた。

「あの、若旦那さまは……」

手代に化けた勇次が尋ねた。

「今日中に帰してやるぜ」

青木と加島は、嘲笑を浮かべて『蔵や』を出て行った。

喜左衛門が緊張から解き放たれ、がっくりと倒れ込んだ。

「旦那さま……」

番頭が慌てた。

質屋『蔵や』を出た青木と加島は、金箱を抱えて来た道を戻り始めた。

和馬と由松が物陰から現れ、再び尾行を開始した。


托鉢坊主の雲海坊は、桑原と相川の見張りを駆け付けた長八と代わって貰い、船宿『笹舟』に戻って来た。

「雲海坊……」

柳橋を渡り始めた時、背後から久蔵の声が掛かった。

「こりゃあ秋山さま……」

久蔵が足早にやって来た。

「桑原と相川って浪人、何処にいる」

「竪川二つ目橋の樽平って居酒屋に居続けています」

「よし、案内しろ」

久蔵には、厳しさが溢れていた。

事態は動き、切迫している……。

雲海坊はそう察知した。

「心得ました」

雲海坊は久蔵を案内し、両国広小路を抜けて両国橋に急いだ。

両国橋を渡ると竪川があり、二つ目橋がある。

久蔵は、雲海坊に質屋『蔵や』の若旦那の勾かしの一件を教えた。

雲海坊は、『樽平』に張り付いている間に起きた事態に少なからず驚いた。

居酒屋『樽平』から二人の浪人が現れ、大欠伸《おおあくび》をしながら背伸びをした。

夜鳴蕎麦屋の長八は、二人の浪人が桑原と相川だとすぐに気付いた。

桑原と相川は、足元に酔いを残して二つ目通りを北に向かった。そのまま進めば隅田川であり、吾妻橋がある。

長八は追った。

久蔵と雲海坊が来た時、長八たちの姿は既に消えていた。

「ここです」

雲海坊は、居酒屋『樽平』を示した。

「長八さんがいないところを見ると、桑原と相川は引き上げたようですね」

雲海坊は周りを見廻した。

「って事は、桑原と相川は、樽平にいねえんだな」

「はい」

「よし。雲海坊、踏み込むぞ」

久蔵は雲海坊の話を聞き、『樽平』の二階に居続けている客を文吉だと睨んでいた。

「秋山さま、樽平の親父は、浪人あがりの凄腕だそうですよ」

「だったら、俺が親父の相手をしている間に居続けの客を頼むぜ」

「心得ました」

雲海坊は饅頭笠を外し、錫杖《しやくじよう》を握り直した。

久蔵は無造作に戸を開け、『樽平』に踏み込んだ。雲海坊が続いた。

店内に人影はなかった。

「誰だ。店はまだだぞ」

板場から怒鳴り声があがり、主の市五郎が現れた。

「お前が親父の市五郎か……」

久蔵は市五郎に笑い掛け、雲海坊を一瞥した。雲海坊が薄汚い衣を翻し、階段を駆け上がった。

「手前」

市五郎が追い縋ろうとした。だが、久蔵が立ちはだかった。

「退け」

市五郎の顔が怒りに歪んだ。

「手前、元は侍だったそうだな」

市五郎は板場に飛び込み、脇差を握って現れた。

「面白い。やるかい……」

久蔵は苦笑し、ゆったりと身構えた。

市五郎は脇差を抜き払い、鞘を久蔵に投げ付けた。

久蔵は身体を捻って鞘を躱《かわ》し、市五郎と対峙した。

市五郎は脇差を正眼低く構え、飛び掛からんばかりの構えを取った。

人を殺し慣れていやがる……。

久蔵は刀を抜いた。

二階に上がった雲海坊は、廊下を駆け抜けて奥の部屋の襖を開けた。

狭い部屋は、酒と淫靡な匂いが満ち溢れていた。

半裸の若い酌婦が、驚いて飛び起きた。素っ裸の若い男が、隣りで酔い潰れていた。

「こいつは質屋の若旦那か」

雲海坊は若い酌婦に怒鳴った。

若い酌婦は、恐怖に震えて頷いた。

素っ裸の若い男は、勾かされた質屋『蔵や』の若旦那の文吉だった。

「起きろ」

雲海坊は文吉を揺り動かし、起こそうとした。だが、酔い潰れている文吉は、眼を覚まさなかった。

「馬鹿野郎が……」

雲海坊は苛立った。

市五郎は床を蹴り、久蔵に激しく突き掛かった。

久蔵は僅かに身体を開いて躱し、心形刀流の閃きを放った。

市五郎の刀を握った腕が、血を噴き上げて天井に向かって飛んだ。そして市五郎は、体勢を大きく崩して倒れた。

酌婦たちが、騒ぎを聞きつけて階段の上から恐ろしげに覗いていた。

「おう。誰か医者と自身番の番人を呼んできてくれ」

「あいよ」

年増の酌婦が、威勢の良い返事をして駆け出して行った。

「ちょいと退いてくれ」

雲海坊が酌婦たちを退かし、素っ裸の文吉を担ぎ下ろしてきた。

「秋山さま、若旦那の文吉です」

「気を失っているのか」

「いいえ。酔い潰れているんですよ」

雲海坊は呆れ果てていた。

文吉は、全身から酒の匂いを漂わせていた。

久蔵は顔をしかめた。

「どうなっているんだ」

「文吉の奴、酒と女にどっぷりと浸けられていたんですよ」

「って事はなにか、文吉は自分が勾かされていたと思っちゃあいねえのか」

「かもしれませんねえ……」

「雲海坊、水をぶっ掛けて眼を覚まさしてやれ」

桑原と相川は、遊び好きの文吉を連れ込んで酒と女を与えて居続けをさせた。その間に勾かしの騒ぎを起こし、三百両もの金を『蔵や』から巻き上げたのだ。

「良くやるぜ……」

久蔵は苦く笑った。

浅草今戸町の神道無念流『権藤道場』には、金箱を抱えた青木と加島が戻って来た。

追って来た和馬と由松は、鋳掛屋の寅吉に異常のないのを確かめて笊屋の二階にあがった。

「和馬の旦那……」

二階には幸吉が待っていた。

「幸吉、野郎ども三百両の身代金、まんまとせしめたぜ」

「やりましたか」

「ああ……」

「それで若旦那の文吉は……」

「分からん」

身代金の三百両を手に入れれば、勾かした文吉にもう用はない。

和馬は焦った。

釜の底を叩く音が、忙しく響いた。

由松が窓の外を覗いた。

桑原総六と相川秀三郎が、帰って来るのが見えた。

「桑原と相川の野郎ですぜ」

「ようやく帰って来たか……」

「へい。あれ、長八さんですよ」

由松は、雲海坊ではなく長八が尾行してきたのに首を捻った。

桑原と相川は、『権藤道場』に入った。

由松は、長八を呼びに走った。

権藤伝八郎は、切り餅二個五十両ずつを桑原、相川、青木、加島と分けた。残る二個五十両は、居酒屋『樽平』の親父市五郎の分であった。

「それで、文吉はどうした」

「眼を覚ましたら市五郎が追い返すさ」

桑原は文吉を嘲笑った。

船宿『笹舟』の船頭伝八の操る屋根船は、本所竪川二つ目橋の船着場に着いた。

雲海坊は、酔い潰れている文吉を屋根船に担ぎ込んだ。

「伝八の父っつぁん、やってくれ」

「合点だ」

伝八は屋根船を隅田川に漕ぎ出し、駒形町の竹町之渡に向かって遡った。

久蔵は、腕を斬り飛ばした市五郎に医者の手当てを受けさせ、町役人《ちょうやくにん》に命じて浅草新吉原裏の〝溜《ため》〟に送った。

〝溜〟とは、重病の囚人の療養所であり、浅草新吉原裏と品川池上にあった。囚人用の療養所だった〝溜〟には、やがて行路病者や無宿人の病人も預けられるようになった。

久蔵は南町奉行所に戻った。

文吉は、竹町之渡に着いても酔い潰れたままだった。

「こいつは勾かされたままの方が、良かったんじゃあねえのか」

伝八は呆れ返った。

「馬鹿旦那でも親には可愛い倅だよ」

雲海坊は苦笑し、文吉を背負った。

「違いねえ……」

伝八は、素っ裸の文吉に着物を掛けてやった。


「邪魔するよ」

雲海坊は文吉を背負い、質屋『蔵や』の暖簾を潜った。

「雲海の兄い」

帳場にいた勇次が、怪訝な声をあげた。

「お届けものだぜ」

雲海坊は、框《かまち》に文吉を寝かせた。

「わ、若旦那……」

番頭が、素っ裸の文吉に縋り付いた。

「親分を呼んできます」

「頼むぜ」

勇次は奥に入った。

喜左衛門とおよしは、酔い潰れて眠る文吉に縋って泣いた。

文吉は年老いた二親の心配を他所《よそ》に、鼾《いびき》をかいて酔い潰れていた。

弥平次は、腹立たしさを覚えた。

「ご苦労だったな雲海坊」

「いいえ。あっしもまさか勾かしになっているとは思いませんでしたので、秋山さまに聞いて驚きました」

「それにしても酒と女にどっぷり浸かっていたとはな」

「秋山さまのお話じゃあ、本人に勾かされたつもりはないだろうと……」

「きっとな……」

弥平次の見立ても、秋山さまは……」

「で、秋山さまは……」

「捕物出役だと……」

「よし。じゃあ雲海坊、勇次を連れて今戸に行ってくれ。俺もすぐに行く」

「承知しました」

雲海坊は、勇次を連れて今戸に急いだ。

「喜左衛門の旦那……」

弥平次は、喜左衛門に向き直った。

「こりゃあ親分。何とお礼を云っていいのか、この通りです」

喜左衛門とおよしは、弥平次に深々と頭を下げた。

「それより旦那、お内儀さん。若旦那には酒と女を控えさせ、遊びはもう止めさせるんですね。今度は無事に戻ってこれましたが、次は命を落とすかも知れませんぜ」

「親分……」

喜左衛門とおよしは、恐怖に震えた。

「もう、甘やかしちゃあなりませんよ」

弥平次は厳しく言い残し、『蔵や』を後にした。

南町奉行荒尾但馬守は、久蔵を検使《けんし》与力にして、稲垣源十郎たち同心に捕物出役を命じた。

荒尾但馬守は、久蔵と稲垣たち同心と水盃を交わし、奉行所の表玄関まで見送った。

久蔵と稲垣たち同心は、捕物出役装束に身を固めて出動した。

与力の久蔵は、火事羽織に野袴、陣笠を被って三尺弱の鉄鞭《かなむち》を持った。そして、稲垣たち同心は、鎖帷子《くさりかたびら》に鎖鉢巻、籠手《こて》臑当《すねあて》で身を固め、刃引きの刀に二尺一寸の長十手で武装した。

町奉行所は生かして捕らえるのが役目であり、同心たちは捕物出役に刃のない刀を使うのが決まりだった。

一行は、捕り方たちを率いて今戸の『権藤道場』に急いだ。

今戸の剣術道場『権藤道場』は、和馬と幸吉、手先たちの監視下に置かれていた。

権藤たち浪人は、夜まで動くつもりがないのか、道場に入ったままだった。

和馬と幸吉たちは、文吉が無事に家に帰ったと、雲海坊から聞いた。

「って事なら、もう容赦はいらねえな」

和馬は意気込んだ。

「はい。それで秋山さまは捕物出役だと……」

雲海坊が告げた。

「出役……」

和馬は緊張した。

その時、日に焼けた顔の親父が、風呂敷包みを担いで階段をあがって来た。

「あれ、茂助《もすけ》さんじゃあないですか」

幸吉が怪訝な声をあげた。

「やあ……」

南町奉行所の小者《こもの》の茂助が笑った。

「茂助、俺に用か……」

和馬が尋ねた。

「へい。秋山さまの云い付けで、出役装束を持参致しました」

茂助は風呂敷包みを開けた。中には鎖帷子や長十手があった。

「助かったぜ、茂助」

和馬は、嬉々として出役装束に着替え始めた。

弥平次がやって来た。

「よし。幸吉、雲海坊、由松、道場の裏を固めろ」

「はい」

幸吉、雲海坊、由松が、笊屋の二階を降りて行った。

「勇次、寅吉に店仕舞いをするように云って来い」

「合点です」

勇次が飛び出して行った。

弥平次は、次々と手先に指示を出した。

捕物出役の相手は、剣術道場に巣食っている五人の浪人だ。五人の浪人は、死に物狂いで反撃してくる筈だ。

捕物出役は激しい闘いになる。

弥平次はそう読み、幸吉と手先たちの身の安全を考えた。

自身番の番人が、笊屋に和馬を訪ねてきた。

「どうした」

和馬は番人を二階にあげた。

「へい。秋山さまが信光寺でお待ちです」

「親分、俺はこの格好だ。代わりに行ってくれ」

「承知しました」

弥平次は、勇次を連れて信光寺に急いだ。


今戸には寺が多い。

信光寺は、『権藤道場』の裏手にあった。

弥平次は勇次を連れ、裏門から信光寺の境内に入った。

久蔵と稲垣源十郎が、同心と捕り方たちを従えていた。

「秋山さま……」

「おう、弥平次。ご苦労だな」

久蔵は弥平次を労った。

「和馬の旦那は出役装束に着替えておりますので、手前が参りました」

「ああ……」

「弥平次、浪人どもは、皆揃っているな」

稲垣は厳しい面持ちで尋ねた。

「はい。道場におります」

「よし、道場の出入り口と周囲はどうなっている」

「はい……」

弥平次は、道場と周りの状況を説明した。

稲垣は弥平次の説明を聞き、同心と捕り方たちの手配りをした。稲垣の手配りに抜かりはない。

弥平次と勇次が、笊屋の二階に戻って来た。

「どうだった」

和馬が意気込んだ。

「はい。正面から稲垣の旦那が踏み込みます。和馬の旦那は、裏手から押し込めとの事です」

「心得た」

「それから、相手は曲がりなりにも剣術道場の連中、おそらく打って出て血路を開こうとする筈。その時の背後からの攻撃が勝負を決めると、秋山さまが……」

「承知した」

和馬は武者震いした。

「じゃあ和馬の旦那、裏路地から道場の裏に参りましょう」

弥平次は和馬を促した。

剣術道場の裏手には、既に幸吉、雲海坊、由松がいる。

和馬と弥平次は、勇次を連れて道場の裏手に急いだ。

寅吉と長八は、笊屋の二階に残って五人の浪人の動きを見張り、包囲網を破る者がいたら追う手筈になっていた。

自身番の番人と笊屋の親父が、道場の周囲の家々を密かに訪れて雨戸を閉めさせ、戸締りを急がせた。

剣術道場『権藤道場』の周囲は、静けさに包まれた。


稲垣は、検使与力を務める久蔵に捕物出役の開始を告げた。

「よし。俺たち町奉行所は生かして捕らえるのが役目。だが、相手によっては遠慮は要らねえ」

久蔵は、同心と捕り方に檄《げき》を飛ばした。

「よし。行くぞ」

稲垣が、長さ二尺一寸、六角棒身鮫皮《さめがわ》巻き柄の長十手を振るった。

同心と捕り方たちが二手に別れ、『権藤道場』の表と裏に走った。

権藤伝八郎は、周辺の静けさが気になった。

ここ数日、鳴っていた鋳掛屋の鍋底を叩く音も消えていた。

「桑原……」

「表を見て来い」

「表……」

桑原が、怪訝な眼で権藤を見た。

刹那、道場の戸が蹴倒された。

稲垣源十郎が、同心と捕り方を従えていた。

「役人だ」

青木が悲鳴のように叫んだ。

「南町奉行所である。権藤伝八郎と一味の者ども、神妙に縛《ばく》につけ」

稲垣が、長十手を額に掲げて告げた。

「捕まってたまるか」

桑原が、稲垣に猛然と斬り掛かった。

稲垣の長十手が唸りを上げた。

金属音が甲高く響き、火花とともに桑原の刀が折れ飛んだ。

桑原は怯んだ。

稲垣は、桑原を捕り方に蹴り飛ばした。桑原は、捕り方の中に倒れ込んだ。捕り方たちが、刺叉《さすまた》と袖搦《そでがらみ》で押さえつけ、六尺棒で滅多打ちにした。

桑原は、頭を抱えて悲鳴をあげた。

稲垣たち同心と権藤たちが激突した。

闘いは道場、座敷、台所に広がった。

和馬たち同心が、勝手口から雄叫《おたけ》びをあげて突入して来た。

壁は崩れ、襖と障子は砕け、天井板は破れ落ちた。

「離れるな、寄れ、寄れ」

権藤は必死に叫んだ。

一人ずつに分断されると、数人掛かりで打ちのめされる。権藤はそれを回避しようとした。だが、稲垣たちはそれを許さなかった。

稲垣と和馬たち同心は、浪人一人に数人で襲い掛かった。

青木は狂ったように刀を振り廻した。

　そこには、剣術も何もなかった。

　包囲した同心と捕り方たちは、青木に目潰しを投げた。

　目潰しは、卵の殻に鉄粉、烏頭《うず》、青百足《あおむかで》の陰干、胡椒《こしょう》、唐辛子《とうがらし》などの粉末が入っている。

　青木は目潰しを顔に受け、涙と鼻水を垂らして尚も刀を振り廻した。

　和馬が、六尺棒で青木の脛《すね》を撲った。骨の鳴る音が甲高く響き、青木は無様に倒れた。和馬は青木を抑え、刀を握る腕を長十手で容赦なく連打した。腕の骨の折れる音が微かにし、刀が床に転がった。

　捕り方たちが、青木に折り重なって縄を打った。

　残る浪人は、権藤伝八郎、相川秀三郎、加島忠蔵の三人だ。

　権藤と相川は、猛然と刀を振るって捕り方たちを蹴散らし、表に向かった。稲垣と和馬たち同心が、二人を取り囲んだまま移動した。加島はその隙に勝手口に走り、裏口を出た。

　弥平次がいた。

　加島は思わず怯んだ。

　刹那、雲海坊の錫杖が、唸りをあげて加島に襲い掛かった。加島は咄嗟に躱した。だが、由松の石を包んだ手拭が、体勢を崩した加島の脚に絡みついた。

加島はどっと倒れ込んだ。

幸吉と勇次が飛び掛かり、加島を押さえつけて縛りあげた。


捕物出役は続いた。

一帯には、男たちの怒号と得物の打ち合う音が響き渡り、土埃が舞い上がった。

近所の住人たちは息をひそめ、窓や戸の隙間から恐ろしげに覗き見ていた。

相川は幾つもの梯子《はしご》に取り囲まれ、獣のような咆哮をあげていた。その顔は血と泥にまみれ、着物は襤褸《ぼろ》のように引き裂かれていた。

梯子は相川を押し倒した。相川は梯子に摑まり、必死に立ち上がろうとした。

だが、稲垣が長十手で相川を激しく打ち据えた。

相川は土埃をあげて倒れた。

権藤は血刀を振りかざし、血路を開こうとしていた。

流石に剣術道場の看板を掲げているだけあり、迂闊に近付く事は出来なかった。

和馬が鉤縄《かぎなわ》を投げた。

鉤縄は権藤の襟首に絡み付いた。和馬はすかさず鉤縄を引いた。

権藤は仰《の》け反《ぞ》った。

鉤縄が次々と権藤に飛んだ。

権藤は全身を鉤縄に絡められ、引きずり廻された。だが、権藤は倒れるのを懸命に堪え、鉤縄を次々に斬り飛ばした。

和馬も鉤縄を斬られ、大きく仰け反って倒れた。

久蔵が進み出た。

権藤は全身で激しい息をつき、久蔵を血走った眼で睨みつけた。

「権藤伝八郎、いい加減に観念しな」

「お主は……」

「秋山久蔵だよ」

久蔵は微笑んだ。

権藤は微かな怯えを見せた。

「まだやるっていうなら、俺が引導を渡してやるぜ」

「黙れ」

権藤の血刀が鋭く鳴った。

刀身から血が散った。

刹那、久蔵は鉄鞭で権藤の血刀を弾き飛ばし、真っ向から打ち下ろした。

権藤は呆然と立ち尽くした。割られた額から血が流れ落ちた。

捕り方たちが、呆然と立ち尽くす権藤に殺到した。

五人の浪人は捕えられた。

稲垣と和馬たち無傷の同心は、五人の浪人を大八車に縛りつけて大番屋に引き立てた。

手傷を負った同心と捕り方は、仲間の肩を借りたり、戸板に乗せられて信光寺に引き上げた。信光寺には医者が待っており、応急手当てをして南町奉行所に帰る事になる。

界隈の家々は、戸締りを解いて雨戸や大戸を開けた。

今戸に日常が戻った。

久蔵は弥平次たちを労い、悠然と今戸を立ち去った。

弥平次と幸吉は、手先の寅吉たちを先に帰し、駆け付けた町役人たちと辺りの後始末を始めた。

捕物出役は終わった。

隅田川からの夜風は、冷たく座敷を吹き抜けた。

弥平次は障子を閉め、膳の前に座った。

下っ引の幸吉と寅吉を始めとした手先たちが、膳の前に居並んで賑やかに酒を酌み交わしていた。

弥平次は幸吉や寅吉たちを『笹舟』に呼び、酒を振舞って労をねぎらっていた。

「お父っつぁん……」

お糸が入って来た。

「なんだい、お糸……」

「秋山さまと和馬の旦那がお見えです」

久蔵と和馬が、角樽を持って現れた。

「邪魔するぜ」

「こりゃあ秋山さま……」

弥平次は慌てた。

「仲間に入れて貰うぜ」

「はい。お糸、お膳の仕度を……」

「なあに構わねえぜ」

久蔵は寅吉と長八の間に座り、吸い物の蓋を取った。

寅吉が慌てて酒を酌した。

「すまねえな。戴くぜ」

久蔵は酒を飲み干した。

酒は心地良く五《ご》臓六腑《ぞうろっぷ》を巡った。

男たちの笑い声が、夜の隅田川に響いた。

一次文庫　２００７年２月　ＫＫベストセラーズ
ＤＴＰ制作　ジェイ　エスキューブ

文春文庫

秋山《あきやま》久蔵《きゅうぞう》御《ご》用《よう》控《ひかえ》

騙《かた》り者《もの》

定価はカバーに
表示してあります

2013年2月10日　第1刷

著　者　藤《ふじ》井《い》邦《くに》夫《お》

発行者　羽鳥好之
発行所　株式会社　文藝春秋

東京都千代田区紀尾井町 3-23　〒102-8008
TEL　03・3265・1211
文藝春秋ホームページ　http://www.bunshun.co.jp
落丁、乱丁本は、お手数ですが小社製作部宛お送り下さい。送料小社負担でお取替致します。

印刷・大日本印刷　製本・加藤製本
Printed in Japan
ISBN978-4-16-780517-3

（　）内は解説者。品切の節はご容赦下さい。

あさのあつこ
燦《さん》 1 風の刃《やいば》

疾風のように現れ、藩主を襲った異能の刺客・燦。彼と剣を交えた家老の嫡男・伊月。別世界で生きていた二人には隠された宿命があった。少年の葛藤と成長を描く文庫オリジナルシリーズ。

あ-43-5

あさのあつこ
燦 2 光の刃

江戸での生活がはじまった。伊月は藩の世継ぎ・圭寿と大名屋敷住まい。長屋暮らしの燦と、伊月が出会った矢先に不吉な知らせが。少年が江戸を奔走する文庫オリジナルシリーズ第二弾！

あ-43-6

井川香四郎
男ッ晴れ
樽屋三四郎　言上帳

奉行所の目が届かない江戸庶民の人情と事情に目配りし、事件を未然に防ぐ闇の集団・百眼と、見かけは軽薄だが熱く人間を信じる若旦那・三四郎が活躍する書き下ろしシリーズ第一弾。

い-79-1

井川香四郎
ごうつく長屋
樽屋三四郎　言上帳

長屋の取り壊し問題で争う地主と家主、津波で壊滅した町の再建に文句ばかりで自分では動かない住人たち。百眼の潜入捜査、名主たちとの連携プレーで力を尽くす三四郎シリーズ第2弾。

い-79-2

井川香四郎
まわり舞台
樽屋三四郎　言上帳

幼馴染の佳乃と出かけた芝居小屋が狐面の男たちにのっとられた！　観客を人質に無茶な要求をする彼らの狙いとは？　清濁あわせのむことを覚えつつ、成長する三四郎シリーズ第3弾。

い-79-3

井川香四郎
月を鏡に
樽屋三四郎　言上帳

借金を返せない武士が連れて行かれたのは寺子屋。「子どもを教えろ」という貸主の背後には陰謀が渦巻いていた。樽屋には今日も江戸中から揉め事が持ち込まれる。三四郎シリーズ第4弾。

い-79-4

井川香四郎
福むすめ
樽屋三四郎　言上帳

貧乏にあえぐ親が双子の姉妹の姉だけ吉原に売った。長じて再会した時、姉は盗賊の情婦だった。「吉原はつぶすべきです！」庶民の幸せのため奉行に訴える三四郎。熱いシリーズ第5弾。

い-79-5

文春文庫　書きおろし時代小説

（　）内は解説者。品切の節はご容赦下さい。

風野真知雄
耳袋秘帖
八丁堀同心殺人事件

組屋敷がある八丁堀で、続けて同心が殺される。死んだ者たちは、かつての田沼派だった。奉行の沽券に係わるお膝元での殺しに、根岸はどうするか。「殺人事件」シリーズ第二弾。

か-46-8

風野真知雄
耳袋秘帖
浅草妖刀殺人事件

奉行所の中間・与之吉は、凶悪な盗人「おたすけ兄弟」が、神社の境内に大金を隠すところを目撃、その金を病気の娘のために使い込んでしまうが……。「殺人事件」シリーズ第三弾。

か-46-9

風野真知雄
耳袋秘帖
深川芸者殺人事件

根岸の恋人で深川一の売れっ子芸者力丸が、茶屋から忽然と姿を消し、後輩の芸者も殺されて深川の花街は戦々恐々。はたして力丸の身に何が起きたのか？　「殺人事件」シリーズ第四弾。

か-46-10

指方恭一郎
麝香《じゃこう》ねずみ
長崎奉行所秘録　伊立重蔵事件帖

次期奉行の命で、江戸から一人長崎の地に先乗りした伊立重蔵。そこで目にしたのは「麝香ねずみ」と呼ばれる悪の一味に蝕まれた奉行所の姿だった。文庫書き下ろしシリーズ第一弾！

さ-54-1

指方恭一郎
出島買います
長崎奉行所秘録　伊立重蔵事件帖

長崎・出島の建設に出資した25人の出島商人。大きな力を持つ彼らの前に26人目を名乗る人物が現れた。そこには長崎進出を目論む江戸の札差の影が——。書き下ろしシリーズ第二弾。

さ-54-2

指方恭一郎
砂糖相場の罠
長崎奉行所秘録　伊立重蔵事件帖

長崎では急落している白砂糖が、大坂で高騰している！　謎の相場を、長崎奉行の特命で調査する伊立重蔵の前では、不審な殺人事件が次々に起こる——。好調の書き下ろしシリーズ第三弾。

さ-54-3

祐光　正
灘酒はひとのためならず
ものぐさ次郎酔狂日記

剣一筋の生真面目な男・三枝恭次郎は、遠山金四郎から、隠密として市井に紛れ込むために「遊び人となれ」と命じられる。遊楽と剣戟の響きで綴られた酔狂日記。第一弾は酒がらみ！

す-18-1

（　）内は解説者。品切の節はご容赦下さい。

祐光 正
思い立ったが吉原
ものぐさ次郎酔狂日記

ひょんなことから恭次郎は御高祖頭巾の女と一夜を共にする。江戸で噂の、男漁りをする姫君らしいが、相手の男は多くが殺されていた。媚薬の出所を手づるに、事件を調べる恭次郎。

す-18-2

藤井邦夫
養生所見廻り同心　神代新吾事件覚
指切り

北町奉行所養生所見廻り同心・神代新吾。南蛮一品流捕縛術を修業する若く未熟だが熱い心を持つ同心だ。新吾が事件に挑む姿を描く書き下ろし時代小説「神代新吾事件覚」シリーズ第一弾！

ふ-30-1

藤井邦夫
養生所見廻り同心　神代新吾事件覚
花一匁

養生所に担ぎこまれた女と謎の浪人の悲しい過去とは？　白縫半兵衛、手妻の浅吉、小石川養生所医師小川良哲らの助けを借りながら、若き同心・神代新吾が江戸を走る！　シリーズ第二弾。

ふ-30-2

藤井邦夫
養生所見廻り同心　神代新吾事件覚
心残り

湯島で酒を飲んでいた新吾と浅吉は、男の断末魔の声を聞く。そこから立ち去ったのは労咳を煩いながら養生所に入ろうとしない浪人だった。息子と妻を愛する男の悲しき心残りとは？

ふ-30-3

藤井邦夫
養生所見廻り同心　神代新吾事件覚
淡路坂

孫に付き添われ養生所に通っていた老爺が若い侍に理不尽に斬り捨てられた。権力の笠の下に逃げ込んだ相手に、新吾は命を賭した闘いを挑む。その驚くべき方法とは？　シリーズ第四弾。

ふ-30-4

藤井邦夫
秋山久蔵御用控
傀儡師《くぐつし》

心形刀流の使い手、「剃刀」と称され、悪人たちを震え上がらせる、南町奉行所吟味方与力・秋山久蔵の活躍を描くシリーズ14弾が文春文庫から登場。何者にも媚びない男が江戸の悪を斬る!!

ふ-30-5

藤原緋沙子
切り絵図屋清七
ふたり静

絵双紙本屋の「紀の字屋」を主人から譲られた浪人・清七郎は、人助けのために江戸の絵地図を刊行しようと思い立つ。人情味あふれる時代小説書下ろし新シリーズ誕生！　（縄田一男）

ふ-31-1

（　）内は解説者。品切の節はご容赦下さい。

藤原緋沙子
切り絵図屋清七
紅染の雨
武家を離れ、町人として生きる決意をした清七。与一郎や小平次らと切り絵図制作を始めるが、紀の字屋を託してくれた藤兵衛からおゆりの行動を探るよう頼まれて……新シリーズ第二弾。
ふ-31-2

八木忠純
蜘蛛《くも》の巣店《すだな》
喬四郎　孤剣ノ望郷
悪政を敷く御国家老に父を謀殺された有馬喬四郎は、江戸の蜘蛛の巣店に身を潜めて復讐を誓う。ままならぬ日々を懸命に生きる喬四郎と、ひと癖ふた癖ある悪党どもが繰り広げる珍騒動。
や-47-1

八木忠純
おんなの仇討ち
喬四郎　孤剣ノ望郷
喬四郎の身辺は騒がしい。刺客と闘いながら、日銭稼ぎの用心棒稼業。思いを寄せるとよも、父の敵を探しているという。偽侍の西田金之助は助太刀を買ってでる腹づもりのようだが……。
や-47-2

八木忠純
関八州流れ旅
喬四郎　孤剣ノ望郷
虎の子の五十両を騙り取られた喬四郎は、逃げた小悪党を追って利根川筋をたどる。だが、無頼の徒が跳梁する関八州のこと、たちまち揉め事に巻き込まれ、逆に八州廻りに追われる身に。
や-47-3

八木忠純
修羅の世界
喬四郎　孤剣ノ望郷
宿願は仇討ち。先立つものは金。刺客と闘いながらも懐の具合が気にかかる喬四郎。今度の仕事は御門番へ届ける弁当の護衛。やさしい仕事と思いきや、高い給金にはやはり裏があった！
や-47-4

八木忠純
目に見えぬ敵
喬四郎　孤剣ノ望郷
喬四郎は二つの決断を迫られていた。一に、手習塾の代教という仕事を引き受けるべきか。二に、美貌の娘・咲と所帯を持つべきか。宿願を遂げるためには、いずれも否とせねばならぬが……。
や-47-5

八木忠純
謎の桃源郷
喬四郎　孤剣ノ望郷
かつておのれを襲った刺客の背後に、御三家水戸藩の後嗣問題と、世を揺るがす陰謀のあることを知った喬四郎。宿敵・東条兵庫を倒すために、もうこれ以上の遠回りはしたくないのだが。
や-47-6

（　）内は解説者。品切の節はご容赦下さい。

平岩弓枝
御宿かわせみ
「初春の客」「花冷え」「卯の花匂う」「秋の蛍」「倉の中」「師走の客」「江戸は雪」「玉屋の紅」の全八篇を収録。江戸大川端の小さな旅籠「かわせみ」を舞台とした人情捕物帳シリーズ第一弾。
ひ-1-81

藤沢周平
隠し剣孤影抄
剣客小説に新境地を開いた名品集〝隠し剣〟シリーズ。剣鬼と化し破牢した夫のため捨て身の行動に出る人妻、これに翻弄される男を描く「隠し剣鬼ノ爪」など八篇を収める。　（阿部達二）
ふ-1-38

松本清張
西海道談綺　（全四冊）
密通を怒って上司を斬り、妻を廃坑に突き落として出奔した男の数奇な運命。直参に変身した恵之助は隠し金山探索の密命を帯びて日田へ。多彩な人物が織りなす伝奇長篇。　（三浦朱門）
ま-1-76

宮城谷昌光
三国志　第一巻〜第七巻（刊行中）
全十二巻（予定）
後漢王朝の衰亡から筆をおこし「演義」ではなく「正史三国志」の世界を再現する大作。曹操、劉備など英雄だけではなく、将、兵に至るまで、二千年前の激動の時代を生きた群像を描く。
み-19-20

山本一力
損料屋喜八郎始末控え
上司の不始末の責めを負って同心の職を辞し、刀を捨てた喜八郎。知恵と度胸で巨利を貪る札差たちと丁丁発止と渡り合う。時代小説シーンに新風を吹き込んだデビュー作。　（北上次郎）
や-29-1

山本兼一
火天《かてん》の城
天に聳える五重の天主を建てよ！　信長の夢は天下一の棟梁父子に託された。安土城築城の裏に秘められた想像を絶する創意工夫。松本清張賞受賞作。　（秋山　駿）
や-38-1

夢枕　獏
陰陽師《おんみょうじ》
死霊、生霊、鬼などが人々の身近で跋扈した平安時代。陰陽師安倍晴明は従四位下ながら天皇の信任は厚い。親友の源博雅と組み、幻術を駆使して挑むこの世ならぬ難事件の数々。
ゆ-2-1

（　）内は解説者。品切の節はご容赦下さい。

永井路子
美貌の女帝
その身を犠牲にしてまで元正女帝を政治につき動かしたものは何か。壬申の乱から平城京へと都が遷る激動の時代、皇位を巡る骨肉の争いにかくされた謎に挑む長篇。（磯貝勝太郎）
な-2-17

永井路子
北条政子
伊豆の豪族北条時政の娘に生まれ、流人源頼朝に遅い恋をした政子。やがて夫は平家への反旗を翻す。歴史の激流にもまれつつ乱世を生きた女の人生の哀歓。歴史長篇の名作。（清原康正）
な-2-21

永井路子
流星　お市の方（上下）
生き抜くためには親子兄弟でさえ争わねばならなかった戦国の世。天下を狙う兄・信長と最愛の夫・浅井長政との日々加速する抗争のはざまに立ち、お市の方は激しく厳しい運命を生きた。
な-2-43

永井路子
乱紋（上下）
信長の妹・お市と浅井長政の末娘・おごう。三姉妹で最も地味でぼんやりしていた彼女の波乱の人生とは。二代将軍・徳川秀忠の正室となった彼女の運命をあざやかに映し出す長篇歴史小説。
な-2-46

南條範夫
大名廃絶録
武家として御家断絶以上の悲劇はあるだろうか。関ヶ原役以後、幕府によって除封削封された大名家の数はなんと二百四十を数える。代表的な十二の大名家の悲史を描く名著。（池上冬樹）
な-6-21

南條範夫
暁の群像　豪商　岩崎弥太郎の生涯（上下）
土佐藩の郷士であった岩崎弥太郎は、いかにして維新の動乱期に政商としてのしあがり三菱財閥の基礎を築いたのか。経済学者でもある著者の本領が発揮された本格時代小説。（加藤　廣）
な-6-22

南條範夫
武家盛衰記
乱世を生きた戦国武将に欠かせぬ能力とは何か。浅井長政、柴田勝家、明智光秀、直江兼続、真田幸村ら二十四人の武将を冷静な視線で描く、現代にも教訓を残す戦国武将評伝の傑作。
な-6-24

（　）内は解説者。品切の節はご容赦下さい。

二つの山河
中村彰彦
大正初め、徳島のドイツ人俘虜収容所で例のない寛容な処遇がなされ、日本人市民と俘虜との交歓が実現した。所長こそサムライと称えられた会津人の生涯を描く直木賞受賞作。（山内昌之）
な-29-3

知恵伊豆に聞け
中村彰彦
徳川安泰の基礎を固めた家光の陰には、機知に富んだひとりの老中がいた。徳川家に持ち込まれる無理難題を持ち前の知恵と行動力で次々に解決した男の「逆転の発想」に学べ！（岡田　徹）
な-29-11

闘将伝 小説　立見尚文
中村彰彦
幕軍で無敗を誇った桑名藩雷神隊から、陸軍へと転身。戊辰戦争、西南の役、日清・日露の両役を稲妻のごとく疾駆して、陸軍大将まで登り詰めた稀代の指揮官の颯爽たる生涯。（山内昌之）
な-29-17

海将伝 小説　島村速雄
中村彰彦
鬼才の参謀・秋山真之を見出し、司令長官・東郷平八郎を陰で支え、日本海海戦大勝利の真の立役者となったにもかかわらず、生前、けっして功を語らなかった名将の清廉な生涯。（山内昌之）
な-29-18

武田信玄（全四冊）
新田次郎
父・信虎を追放し、甲斐の国主となった信玄は天下統一を夢みる（風の巻）。信州に出た信玄は上杉謙信と川中島で戦う（林の巻）。長男・義信の離反（火の巻）。上洛の途上に死す（山の巻）。
に-1-30

劒岳〈点の記〉
新田次郎
日露戦争直後、前人未踏といわれた北アルプス、立山連峰の劒岳山頂に、三角点埋設の命を受けた測量官・柴崎芳太郎。幾多の困難を乗り越えて山頂に挑んだ苦戦の軌跡を描く山岳小説。
に-1-34

怒る富士（上下）
新田次郎
宝永の大噴火で山の形が一変した富士山。噴火の被害は甚大で、被災農民たちの救済策こそ急がれた。奔走する関東郡代の前に立ちはだかる幕府官僚たち。歴史災害小説の白眉。（島内景二）
に-1-36